KB235029

작가와 함께 대화로 읽는 소설

별사

오정희

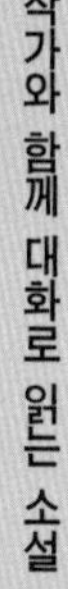

작가와 함께 대화로 읽는 소설

별사(別辭)

오정희

지식더미

「별사」의 변(辯)

　아주 오래 전 어느 원로작가께서, 예전 작가들은 자신의 글이 불멸하리라거나, 적어도 백년은 가리라는 믿음이 있었지만 지금은 50년도 내다보지 못한다고 자탄하시던 일을 생각하면 일찍이 상상할 수 없었던 속도로 명멸과 부침이 무쌍하고 현란한 이 시대의 작가들은 자신들이 생산해내는 소설들의 생명력을 어느 정도까지 내다보는지 새삼 궁금해진다.

　소설을 쓸 때는 그야말로 '안광(眼光)이 지배(紙背)를 철(綴)하듯' 원고를 들여다보지만 발표하고 난 뒤에는 좀처럼 다시 읽게 되지 않았다.

　일단 작가의 손을 떠나면 활시위를 떠난 화살처럼 통제 불능의 무엇이 되거나 내가 썼되 이미 독자의 몫일 뿐이어서 더 이상 어쩔 수 없다는 인식과 함께, 알고 있으면서도 더 이상 어떻게 해볼 방법이 없었던 작품의 결함을 다시금 보는 일도 부끄럽고 가슴 아픈 탓이다.

언제나 미진한 채로 손에서 놓으면서 곧 다시 고치거나 보완하겠다는 작정도 그때의 마음일 뿐이어서, 아무리 부족한 글이라도 어쨌거나 내가 도달한 최상의 자리에서 쓴 것이고 나는 내가 쓴 글 이상도 이하도 아니라는 변명만 남게 마련이다. 그러나 어쩌랴. 그러한 미진함과 아쉬움이 다음 작품으로 나아가게 하는 추진력이 되기도 하는 것이니….

이 책을 내는 일을 기화로 참 오랜만에 「별사」를 읽었다. 81년도에 발표했던 것이니 벌써 4반세기 전의 작품인데 그 긴 세월에도 불구하고 소설을 읽어가는 동안 그때의 열정과 고심, 단어들을 선택하고 문장을 만들 때의 내 마음의 상태나 행간에 불어넣었던 한숨들이 생생하게 되살아났다.

「별사」를 쓸 때의 나는 한 권의 창작집을 낸, 등단 12년차의 작가였다. 30대 중반이라는 나이가 말해주듯 나는 젊었고 무엇이든 쓸 수 있을 것만 같은 열정과 패기에도 불구하고 밤마다 천장이 가슴에 내려앉는 듯한, 작가로 살아가는 일의 막막함과 고독에서 벗어날 수 없었다.

완성도가 높은 좋은 소설을 쓰고 싶다는 마음이나 그것에 미치지 못하는 것에 대한 고통과 자학은 필시 뛰어난 문학작품으로 오래 살아남고 싶다는 욕망에서 비롯된 것일 게다.

그렇다면 이 소설을 쓸 때 나는 25년 후의 독자들을 생각했었던가. 또한 지금 25년 후 미래의 독자들을 기대하고 있는가. 작가의 손을 떠난 작품이 아무리 저대로의 운명을 가지고 제갈길을 간다해도 작가로서는 어느 눈 밝은 독자가 있어 그 가치와 미덕을 발견하고 깊이 읽어주기를, 사랑해주기를 바라는 마음이 은연중에 있을 것이다.

세월 속에 묻혀가는 작품을 이끌어내어 재조명하고 뒤늦게나마 미진한 작품에 대한 변명과 소명의 기회를 주신 이태동 교수님과 도서출판 지식더미에 깊이 감사드린다.

2007년 9월

오정희

「별사」와 오정희 소설 미학의 발견

독서의 결과로서 오는 반권위적인 제2의 진술은 텍스트적인
권위의 한계성에 대한 진술이어야만 될 것이다.　—폴드만

오정희는 오늘날 우리 문단에서 가장 우수한 단편 작가 가운데 한 사람으로 알려져 있다. 그녀가 이렇게 문학사(文學史)의 반열에 오를 수 있을 만큼 높이 평가받고 있는 것은 그녀의 작품들이 과작(寡作)이지만 하나 같이 오랜 시간에 걸친 각고의 노력 끝에 '잘 만들어진' 언어 예술이기 때문이다.

그가 단순한 일상적인 경험을 질료로 놀라울 정도로 아름답고 신선한 작품을 창조하고, 단단한 시적 언어와 치밀한 소설 구성을 통해 주제의식을 반영하는 이미지와 메타포 그리고 우화(寓話) 등을 유기적으로 엮은 것은 연금술사의 그것에 비견할만하다.

오정희 작품 가운데서도 「별사」는 가장 뛰어난 장인(匠人)의 솜씨를 보이고 있는 대표적인 예이다. 만일 위에서 언급한 오정희의 미학적 요소를 이 작품에서 제거해 버린다면, 낚시를 하기 위해 집을 나가 돌아오지 않는 남편 때문에 고통스러운 나날을 보내는 40대의 정옥이라는 여인이 아이를 등에 업고 친정집에 와서 늙은 어머니와 함께 그의 노쇠한 양친이 묻힐 '묘원'으로 소풍 가듯 찾았다가 빈 집으로 돌아가는 무미건조한 사건만이 남을 것이다.

그러나 여기서 작가 오정희는 존 키츠의 시처럼 농밀한 정적까지 느낄 수 있도록 하는 감각적인 언어, '묘원'으로 가는 먼지가 자욱한 길, 그 길 위로 지나가는 군인들의 행렬, 새로 만들어진 무덤 앞에서 재를 올리는 의식(儀式), 절간 마당에 떨어지는 빗방울, 그리고 기억 속에서 떠올린 어린 시절에 읽은 동화 등을 하나로 합쳐서 일상적이고 습관적인 사건을 낯설게 만들어, 문학사에 남을 수 있는 보기 드문 예술 작품을 만들어 내고 있다.

그래서 만일 독자들이 이러한 창조 과정의 소설 미학을 모르고 스치듯 지나가게 되면, 그것은 큰 손실이 아닐 수 없다.

그런데 작가들은 작품을 완성한 후에는 그것이 자신의

손에서 떠났기 때문에, 자기 것이 아니라고 말하며, 자기 작품에 대해 스스로 설명하거나 해석하는 일을 금기(禁忌)로 하고 있다. 그럼에도 불구하고 작가 오정희가 「별사」가 만들어졌던 과정과 그 속에 담긴 숨은 미학에 대해 필자와 대담을 허락해 준 것은 대단히 고마운 일이 아닐 수 없다.

이러한 그녀의 노력은 자기 작품을 단순히 과시하기 위함이 아니라 작가적인 겸손함에서 묻어나온 결과일 것이다.

작가가 자기 작품을 대상으로 한 물음에 답을 하는 것은 따지고 보면 일종의 학구적인 비평 행위와도 같은 것이다.

왜냐하면 문학 작품은 그것을 읽어주는 독자를 만남으로써 비로소 실제적인 탄생을 하게 되기 때문이다. 비평 작업을 음악에서의 연주뿐만 아니라 과학자가 현미경 아래서 아름다운 눈의 결정체를 발견하는 과정에 비유하는 것도 이러한 사실을 뒷받침 해주고 있다.

또 아리스토텔레스는 플라톤과는 달리 모방(mimesis)이란 말을 문학 작품의 성격과 구조를 탐색하기 위한 것으로 사용했다. 이처럼 작품의 의미와 구조를 탐색하는 비평적인 노력은 작가의 창작 과정에 나타난 모방을 통한 탐색 작업을 확대하고 심화시켜서, 보다 큰 의미를 발견할 수 있기 때문에, 더 좋은 결과를 기대할 수 있다.

　한 권의 책을 세상에 내어놓는 것은 힘겨운 일이지만, 그것은 보람 있는 일임에 틀림이 없다. 무더위 속에서도 호반의 도시 춘천에 머물지 않고, 복잡한 서울까지 와서 원고를 준비하는 일에 도움을 준 작가 오정희에게 뜻있는 독자들과 함께 진심으로 감사한 마음을 전한다.

2007년 9월

이태동(문학평론가·서강대 명예교수)

차례

원작 소설

별사(別辭)

그림_ 이제하

오정희

찬물에 담갔던 삶은 달걀들을 건져, 냉장고에서 꺼낸 참외 몇 개와 함께 구럭에 넣고 마당으로 내려서려다 정옥은 마루의 유리문에 기대어 잠깐 눈을 감았다. 낫질이 가지 않아 더부룩이 자란 잔디밭에서, 클로버 따위 잡초를 뽑고 있는 박박 깎은 알머리의 아버지를 보는 순간 뜰을 두른 울짱이 아득히 멀어지며 그 등 뒤로 투명하게 움직이는 어떤 모습을 보았기 때문이다.

눈을 뜨자 그것은 순간적인 현기증처럼 사라졌다.

부피가 느껴지는 농밀한 정적 속에 돋을새김으로 명료한 아버지의 모습이 눈에 잡혔을 뿐이다.

뵘빛살처럼 눈을 찌르고 사라진 그것은 형체도, 질감도 느껴지지 않는, 다만 무언가 움직인다는 이편의 감각에 지나지 않았으나 정옥은 그때 문득 자신을 이곳으로 이끈 갑작스런 충동의 실체를 본 느낌이었다.

무엇을 본 것일까. 단순히 햇빛에 피어오르는 수증기의 가시(假視) 현상인가, 잡초를 뽑는 일과는 무관하게 멀리 가 있는 듯 홀연한 모습 뒤에서 지배하는 보이지 않는 손, 보이지 않는 힘을 본 것일까.

정옥은 시선의 착각을 일으키게 했을 조그만 움직임이라도 찾아보려고 눈을 가늘게 뜨고 뜰을 내려다보았다. 그러나 아버지의, 자세히 지켜보아야만 알 수 있는 굼뜨고 무심한 팔굽의 움직임 외에는 나뭇잎 끝을 스치는 바람의 한 올도 느껴지지 않았다. 아버지는 그만한 움직임도 힘에 겨운지 땀으로 달라붙은 모시 등거리 위로 등의 죽지뼈가 앙상하게 드러났다.

때때로 예기치 않은 순간에, 그러나 친숙하게 찾아오는 이 느낌의 정체는 무엇일까.

어제도 그랬다,

차 안에서 잠들어버린 아이를 업고 대문을 들어서자, 어두운 마루에서 텔레비전을 보고 있던 어머니가 뛰어나오며 아이를 받아 안았다. 그때 정옥은 마루 앞에 놓인 안락 의자에 웅크린 형체를 보고, 아버지라는 것을 알면서도 괜시리 가슴이 섬뜩해지며 살갗을 차갑게 훑고 지나가는 친근하고 돌연한 느낌에 당황했던 것이다.

해가 저문 지 꽤 오래인데도 아버지는 상반신을 조금 내민 자세로, 한창 피고 있는 장미꽃 향기로 더욱 어두운 뜰의 한 귀퉁이를 응시하고 있었다.

"왜 불도 안 켜시고… 모기 물어요, 들어오세요."

정옥은 안락 의자 등받이에 손을 대며 말했다.

"물것들이 하도 꾀어서 당할 수가 없구나."

어머니는 손바닥으로 연신 종아리며 팔뚝의 드러난 맨살을 철썩철썩 내리쳤다.

밤 공기는 무덥고 꽃가루 분분히 날리듯 농밀하고 달짝지근해서 질식할 것만 같았다.

"주무시는 거 아녜요?"

봄부터 가을까지 덩굴따라 줄곧 피고 지는 꽃향기로 끈끈하고 무거운 어둠을 밀어내려는 안간힘에 목소리가 조금 높아졌다. 어머니가 텔레비전 화면에 눈을 박은 채 고개를 저었다.

한 손을 무릎 위에 얹어 어둠 저편, 결코 보이지 않는 곳을 향해 신호를 보내듯 동그라미 속에 네모꼴을, 그 안에 다시 세모꼴을 집요하게 가두어 의미 없는 도형을 만들며,

아버지는 더욱 두꺼워지는 어둠 속을 물처럼 풀려 고요히
흐르고 있었다.

아이는 대추나무를 흔들어 설익은 열매를 털고 있다. 반
짝 쳐들린 아이의 얼굴이 연처럼 당실 떠 보였다.

초인종이 갑자기 찌르듯 울렸다. 틈이 버성긴 울짱의 판
자 사이로 충분히 안의 기척을 알기도 하련만 잠시의 겨를
도 없이 울리는 소리에 정옥은 슬리퍼를 꿰고 뛰어나갔다.

빗장을 벗기자마자 문이 밖에서부터 거친 힘으로 밀리며
검붉은 얼굴 둘이 바짝 다가들었다. 그들은 문을 닫지 못하
게시리 문기둥을 짚고, 온몸으로 열린 틈을 막고 서서 오그
라진 손을 내밀었다.

정옥은 잠시 그들을 빤히 바라보았다. 그들은 조막손을
정옥의 눈 가까이 들어올려 내밀 뿐 한마디도 입을 열지 않
았다.

"들어오지 말고 거기 있어요"

정옥은 도시 제 것 같지 않은, 목질린 소리로 말하며 주
머니에서 백동전 하나를 꺼내 손바닥 위에 떨어뜨렸다. 그
가 정옥의 얼굴을 찬찬히 훑으며 소리없이 웃었다. 민숭한
눈썹께에서 햇빛이 탁탁 튀었다.

"누구냐."

안방에서 어머니가 목소리만으로 물었다.

"문둥이에요."

"갔으면 대문에 물 끼얹고 소금 뿌려라."

정옥은 문둥이가 기대섰던 대문 기둥에 물을 한 대야 끼얹어 씻어내고 호렴 한 줌을 내뿌렸다.

아이는 나무 둥치를 끌어안고 한차례 흔들어댄 후 서너 발짝 물러서서 대추 열매 떨어지는 곳을 가늠하고는 풀숲에 숨은 그것들을 찾아내어 주머니에 넣었다.

울을 타고 뻗어가는 줄장미 덩굴 위로 지나가던 사람의 손이 솟아오르며 흐드러진 꽃가지를 하나 꺾었다.

"준비 다 됐니?"

정옥은 마당으로 내려서는 어머니를 힐끔 보다가 고개를 돌려 배시시 웃었다. 구름 무늬 분홍빛 원피스와 실로 얼금얼금 엮은 여름 가방으로 한껏 멋을 낸 어머니의 얼굴이 화장기로 화사했던 것이다.

"강화 가는 버스 타고 오정리 지나…"

한번도 이켠의 기척에 뒤돌아봄이 없이 무심히 잡초만 뽑고 있던 아버지가 어눌하게 말했다.

"들어가 계세요, 점점 뜨거워질 텐데."

다가가 부축하려는 시늉을 하는 정옥을 아버지는 어서

가라는 손짓으로 뿌리쳤다.

"점심은 식탁에 차려놨으니 거르지 말고 드시우."

나들이가 길어지리라는 암시에도 아버지는 말없이 손만 내저었다.

어머니는 양산을 펴들며 눈살을 찌푸려 해의 방향을 가늠했다. 빈틈없이 염색된 어머니의 머리털은 햇빛에 검푸르게 빛나며 한 올의 흐트러짐도 없이 가발처럼 견고했다.

"거지인가?"

그때까지도 골목 안 집들의 초인종을 차례로 눌러대고 있는 문둥이들을 보며 아이가 슬며시 치맛자락을 움켜쥐었다. 정옥은 뚜렷한 의미없이, 실상 자신도 왜 그러는지 모르면서 아이의 머리에 손을 얹었다. 그 손짓을 그렇다는 대답으로 받아들였던가, 겁내지 말라는 뜻으로 받아들였던가, 아이는 더 묻지 않고 앞장서 달음박질을 쳤다.

버스는 붐비었다. 행락꾼보다 장사치로 보이는 아낙네들이 승객의 대부분인 것으로 보아 특별히 휴일인 탓만은 아닌 듯했다.

발 디딜 틈도 없이 비좁은 버스 바닥에 포개져놓인 빈 플라스틱 함지에서는 갯비린내가 풍겼다. 아낙네들의 옷가지에도 머리에도 갯내가 진하게 배 있었다. 정옥은 버스의 시발 지점인 포구를 떠올리며 한차례 이른 장사를 하고 돌아가는 사람들이리라 짐작했다. 그곳에는 서해의 작은 섬으로 떠나갈 배들이 갈매기, 창랑(滄浪), 금파(金波) 따위 낭만적인 이름을 달고 기름 냄새 속에 정박해 있는 것이다.

거침없이 높은 목소리로 빠르게 지껄여대는 아낙네들의 말투가 귀에 설었다.

정옥은 밀리지 않으려고 애를 쓰며 출입구 가까운 좌석의 등받이를 단단히 잡고 섰다. 아이의 머리는 사람들 틈에 묻혀 보이지 않았다. 치맛자락을 거머쥔 조그만 악력을 느끼는 것으로 아이가 얼마나 결사적으로 매달려 있는가를 느낄 뿐이었다. 그렇게 잡지 않아도 엄마는 결코 너를 잃어버리지 않아, 라고 말함으로써 정옥은 아이의 공연한 긴장을 풀어주고 싶었다.

정옥은 가끔 힘들게 몸을 틀어 안쪽 깊숙이 떠밀려 들어가 있는 어머니의, 손잡이를 단단히 틀어쥔 손, 힘살 불거진 손등과 빛깔이 단순하게 짙고 알이 커서 모조품같이 보이는 서양 비취 반지를 확인했다.

"엄마 꺼나? 정말 엄마야?"

제가 잡고 있는 치마의 임자가 엄마인지 아닌지 문득 불안해진 듯 사람들 틈에서 아이의 걱정스러워하는 조그만 얼굴이 나타났다. 힘들게 고개를 젖혀 눈을 치뜨자 이마에 가늘게 몇 가닥 주름이 잡히고 그것이 뜻밖에 철든 표정을 만들었다.

정옥의 앞에 앉았던 남자가 힐금 그녀의 눈치를 보고는 아이를 무릎 위로 끌어당겼다. 아이는 단박 경계하는 낯이 되어 완강히 도리질을 하며 정옥의 손을 꼭 잡았다. 아이 천성의 경계심과 어린아이의 반응을 계산하지 않은 무관한 마음씀 사이에 잠깐 거북한 긴장이 일었다. 아이의 거부가 하도 완강하고 적의에 가까운 것에 그는 당황한 듯했다. 아이를 향해 뻗었던 손을 엉거주춤 무릎 위에 내려놓으며 어색하게 웃었다.

삶은 달걀, 참외, 음료수 병 따위가 든 구럭의 무게로 등받이를 잡은 팔이 자꾸 처졌다.

"검문소에서 내려줘."

정옥은 목을 빼, 차장에게 벌써 여러 차례 당부한 말을 되풀이했다.

"아직 멀었어요."

그 복잡한 중에도 주간지에 코를 박고 있던 차장이 고개도 들지 않고 대답했다.

버스는 김포 평야를 지나고 있었다. 사람들의 머리틈으

로, 어제 내린 비에 갓 머리 감은 듯 싱싱한 벼포기들이 푸릇푸릇 눈에 들어왔다. 질펀한 푸른빛의 융단 한 자락 눈 끝에 달려오듯 부드럽게 일렁이었으나 열린 창으로는 아스팔트의 콜타르가 묻어오르듯 더운 바람이 불어왔다.

버스가 잠시 멎고 새로 올라탄 등산복 차림의 청년 셋이 앞을 가로막자 정옥은 또다시 불안해졌다.

"검문소 아직 멀었니?"

앞을 막은 청년의 등을, 금시 내릴 듯 성급하게 밀치며 목소리를 높였다.

"어련히 알아서 안 내려줄까봐. 귀머거리 아니라구요, 에이 참. 다음에 내려요."

차장은 그제야 눈을 올망하게 치뜨고 잔뜩 짜증이 돋은 목소리로 내뱉었다. 정옥은 순간 얼굴이 확 달아올랐으나, 왜들 이럴까 하는, 일반적인 개탄과 힐책을 마음속으로 내뱉는 나약한 항변으로 습관적인 피해의식에서 재빨리 비켜서려 했다. 물론 그것에는 나이 어린 소녀의 불손함에 대한 노여움 외에도, 그 노여움을 드러내놓을 수 있는 용기의 결핍에 대한 분노, 가슴 밑바닥에서 항상 뭉클하게 끓어오르면서도 한번도 내색해 본 적이 없는, 그래서 만성적인 피해의식이 되어버린 분노가 뒤섞여 있음을 잘 알고 있었다.

"어머니, 나오세요."

정옥은 구럭끈을 어깨에 치올리고 아이의 손을 찾아쥐며 안쪽에 대고 소리쳤다. 그 소리가 자신의 귀에도 터무니없이 낭랑하게 들렸다.

정옥은 아이의 멜빵 바지 위로 기어올라간 셔츠를 끌어내려 고쳐입혔다. 운동화 끈은 풀어지고 집을 나서기 전 갈아신긴 흰 면양말은 새카맣게 때가 올라 있었다.

"저리로 가지, 아마?"

어머니가 첫걸음인 정옥에게 동의를 구하며 검문소를 끼고 왼쪽으로 난 비포장 도로를 가리켰다.

비포장 도로의 입구에 자리잡은 연쇄점 좌판에는 참외와 토마토가 흙먼지를 뒤집어쓴 채 볼품없이 놓여 있었다. 버스를 내리면서부터, 분무기로 뿜어대듯 부옇게 눈앞을 가리는 먼지에 입을 막으며 정옥은 건성 고개를 끄덕였다.

먼지, 먼지뿐이었다. 구멍가게의 지붕도, 길 옆의 푸성귀밭도 부옇게 흙먼지를 뒤집어쓴 채 고요할 뿐인 그 정경은 서릿발 같은 햇빛 아래 귀기를 띠며 음산하게 눈에 들어왔다. 그 비현실감은, 그때까지도 몸에 배 있는 진득한 갯비린내, 칠칠한 검정빛의 아스팔트 건너 청청하게 일렁이는 푸른 벼포기들 때문인지도 몰랐다.

그러나 길로 들어서기 전 최초로 느낀 표백의 상태, 완전히 텅 빈 듯한 적요로움은 순간적인 것에 지나지 않았다.

먼지 속으로 들어서자 길 한쪽에 황토흙을 뒤집어쓴 채 잠시 쉴 참인 불도저, 깊이 박힌 돌을 찍어내는 인부들의 곡괭이 날에서 반짝반짝 튀어오르는 섬광, 임질로 자갈을 나르는 아낙네들과 맞부딪쳤던 것이다. 포장 공사가 한창으로 길은 차 한 대 빠져나갈 넓이만을 남겨둔 채 모조리 파헤쳐져 있었다.

길의 가장자리 밭둔덕으로 올라 걸었으나 그곳 역시 길에서 주워낸 자갈들로 돌각밭이어서 크기가 고르지 않은 돌들이 발바닥을 아프게 찔렀다.

좁게 남겨진 길을 승용차들이 경적을 울리며, 먼지가 잦아들 겨를이 없이 줄을 이어 지나갔다. 벌름 열린 트렁크에서 아이스박스나 돗자리 따위가 엿보이기도 했다. 아, 휴일이구나 하는 생각이 분명한 이유를 알 수 없으면서 가슴을 에이게 했다.

여름 모자를 쓴 소녀의 얼굴이 수놓은 베를 씌운 뒷좌석 등받이에 턱을 걸치고 화사하게 웃으며 먼지 속으로 천천히 사라져갔다. 아, 휴일이구나, 정옥은 그 말이 주는 흐릿한 슬픔의 느낌을 즐기며 또 중얼거렸다.

아이는 몇 발짝 가지 않아 다리를 끌며 칭얼대기 시작했
다. 구멍가게에서 아이스크림에 자꾸 눈이 가던 걸 모른체
했던 것이 불만인 게라고 헤아려졌다.

투정을 부리는 아이를 달래어 걷느라 정옥은 자꾸 걸음
이 처졌다. 서너 발짝 앞서 달각달각 걷던 어머니는 자주
샌들을 벗어 흙을 털었다. 귀청이 멍멍하도록 울리는, 자갈
쏟아붓는 소리, 불도저의 엔진 소리는 아랑곳없이 어머니
의, 갸웃이 숙여 쓴 흰 빛의 양산은 마치 유원지의 풍선처
럼 홀로 달뜨고 낯선 분위기를 만들었다.

뒤를 돌아보던 아이가 눈을 둥글게 뜬 채 꼼짝을 하지 않
았다. 군용 트럭들이 줄지어 오고 있었던 것이다. 정옥은
아이의 손을 다잡아쥐며 황급히 밭길로 내려섰다.

쨍쨍한 대낮에 환히 불을 밝히며 달려오는 차량의 행렬
을 보는 순간 가슴이 걷잡을 수 없이 후드득 뛰었던 것이
다. 어둠을 거느리지 않은 불빛의 기이함, 비정함 때문이었
을까.

트럭 위의 군인들은 한결같이 무표정한 얼굴로 아래를
내려다보고 있었다. 앞서 가던 경운기, 승용차들이 경적을
죽이고 옆으로 바짝 비켜서며 길을 드티어 주었다.

먼 곳에서부터 오는 듯 황토흙이 개발려진 육중한 바퀴

는 지축을 울리며 지나쳤다. 아이는 아예 걸음을 멈추었다. 그 엄청난 행렬에 넋이 빠진 듯 입을 헤 벌리고 서서 바라보았다. 부옇게 먼지 앉은 머리털이 눈썹께까지 내려오고 땀을 흘려 땟국으로 얼룩진 얼굴이 애처롭고 초라해 보였다.

정옥은 등을 돌려 아이를 업었다.

"좀 걸려라, 하자는 대로 다 들어주지 말고."

멈춰서 이편을 보고 있던 어머니가 눈살을 찌푸렸다.

"아직 멀었어요?"

정옥은 아이를 추슬러올리며 물었다. 두 번째 걸음이면서도 서름한 낯으로 자신 없이 길을 살피던 어머니가 아이의 엉덩이짬에서 맞잡은 정옥의 손에서 구럭을 받아들었다.

"여기쯤에서 올라가는 길이 있는데…"

혼잣말로 중얼거리던 어머니가 길가의 구멍가게로 들어갔다.

주인 남자가 앞으로 곧게 난 길을 가리켰다.

"한 백 미터쯤 더 가슈, 왼쪽으로 샛길이 나올 테니."

정옥은 아이스크림을 하나 사서 아이의 손에 쥐어주었다.

"한 시간은 실히 걸어야겠다. 길이 이 모양이니…"

심란하다는 투로 말하면서도 어머니는 가벼운 걸음으로

훨훨 앞장을 섰다.

더웠다. 등에 업힌 아이의 무게로 팔은 자꾸 처지고 그럴 때마다 아이는 끈끈한 손으로 목을 끌어안았다. 눈 위로 흘러내린 머리칼이 땀으로 엉기어 앞을 가렸다. 발 밑이 보이지 않아 정옥은 자주 고꾸라질 듯 허뚱거리곤 했다. 그 동안에도 군용 트럭은 쉬임없이 지나가고 있었다.

길 아래 밭이랑에서 아이를 업은 소녀가 트럭을 향해 손을 흔들었다. 빈 자갈 망태기를 든 아낙네가 트럭 사이를 아슬아슬하게 뚫고 길을 건너 밭으로 내려섰다. 머릿수건을 벗어 탁탁 털고 소녀에게서 아이를 받아 안고는 가슴패기를 풀어 젖을 물렸다.

소녀는 젖을 빠는 아이의 눈앞에 풀잎을 따서 흔들며 밝은 소리로 웃었다. 풀잎을 따라 이리저리 고개를 돌리던 아이는 아예 젖꼭지를 놓고 어른대는 그것을 잡으려 팔다리를 버둥거렸다. 그럴 때마다 소녀는 높은 소리로 웃어대었다.

어머니는 손수건을 꺼내 코와 입을 막고 걷다가는 돌아서서 한입 가득 괸 침을 뱉어냈다.

끝이 없을 듯 산굽이를 뱀처럼 감고 흐르는 트럭의 행렬에 잇달아 무장한 군인들의 행군이 시작되었다. 눌러쓴 철

모 밑 얼굴은 붉게 달아올랐고 풀빛 제복도 땀으로 얼룩져 있었다. 행군을 시작하기 전 잘 닦아 윤을 내었을 계급장에도 먼지는 두텁게 앉아 있었다.

일정한 보폭을 지키며 묵묵히 걸어가는, 죽은 녹빛의 행군을 보는 사이 가슴속에 드리운 불투명한 막이 점차 두꺼워지며 뭔가 질리는 느낌으로 옥죄어오기 시작했다.

"부대가 이동하나부죠?"

마음속의 불안을 지우기 위해 정옥은 어머니에게 다가가 낮게 속삭였다. 그리고는 대답을 기다리지 않고, 어머니가 결코 알 리 없다는 것을 알면서도 덧붙였다.

"아마 새벽에 떠났을 거예요. 어디서부터 오는 걸까요?"

쇠그물을 드리우고 밤새 해를 따라 나는, 새벽의 미명 속을 숨어드는 거대한 날개의 새. 새벽마다 눈뜨기 앞서 묵직히 가슴을 밟고 지나가는 발자국.

검은 구름이 해를 가리며 지나고 있다. 파헤쳐진 붉은 흙과 녹빛의 행군과 산의 골짜기, 엉클어진 잡목숲을 어둡게 적시며 흘러갔다.

"좀 걷자, 착하지?"

등에 달라붙은 아이의 몸에 질펙히 땀이 차기 시작하자 정옥은 아이를 등에서 내려놓았다.

그림책 속에서의 병정놀이와는 너무도 다른 데 대한 놀람과 호기심으로 다소곳해진 아이는 순순히 등에서 내렸다. 더운 날씨 탓에 냉장고에서 꺼낼 때부터 녹기 시작한 아이스크림은 죽처럼 흘러 아이의 입과 손은 설탕기로 끈적거리고 더러웠다. 손수건으로 세게 문지르자 아이는 얼굴을 찡그리며 사납게 고개를 흔들었다.

"그렇게 늑장부리다가는 해질녘에 닿겠다."

어머니가 뒤돌아보며 채근했다. 두껍게 바른 분 위로 흙먼지가 까맣게 앉고 더러는 땀으로 씻겨 얼룩이 져 있었다.

"가게에서부터 두 번째 샛길이라고 했는데…"

첫걸음이 아닌데도 기억이 흐린 것을 어머니는 민망하게 여기는 듯했다. 노안인 탓에 안정(眼睛)은 흐리고 눈물이 어리듯 아득해 뵈는 눈길로 어디쯤에 있을 왼쪽 갈림길을 가늠했으나 굳이 그럴 것도 없었다.

길의 건너편, 양쪽으로 채마밭을 거느린 사잇길의 첫 어귀, 연쇄점의 간판을 단 가게 앞에 '묘원 입구'의 엉성한 안내 푯말이 서 있었던 것이다.

정옥은 가게 앞마당의 펌프 앞에 아이를 세워놓고 펌프질을 했다. 그때까지도 아이의 손에 쥐어져 있던 아이스크림 빈 껍질을 쓰레기통에 던져놓고 먼지 오른 얼굴과 발을 씻겼다.

행군은 계속되었다. 하산길에도 행군의 끝머리쯤 볼지 몰라, 정옥은 생각했다. 행군은 그렇게 지루하고 좀체로 끝나지 않을 성 싶었다.

어머니는 찬물에 적신 손수건으로 조심스럽게 목덜미를 문지르고 옷 속에 넣어 가슴패기의 땀을 훔쳐냈다. 운동화를 신은 채로 발에 물을 들이부으며 정옥은, 세수를 하면 한결 시원해요, 물이 차가워요, 라고 말하려다 입을 다물었다. 두껍고 희게 분 발려진 얼굴과 까마귀 깃털처럼 새카만 머리털, 입술선을 뚜렷이 강조한 립스틱의 진한 빛깔로 어머니의 얼굴은 염을 한 것 같았다. 어머니는 죽으면 아마 미라로 남을 것이다. 정옥은 문득 떠오른 객쩍은 생각에 피식 웃었다.

팽팽히 엉덩이가 드러나는 바지에 원색 재킷을 입고 기타를 든 젊은 남녀 서넛이 어우러져 지나갔다.

아이는 또다시 등뒤로 돌아가 칭얼거렸다. 아이는 이 뜨거운 날, 왜 돌부리에 발을 채이며 다만 잡초와 흙먼지뿐인 메마른 산길을 작은 다리로 쉬임없이 걸어야 하는지 알 리 없는 것이다.

"할미에게 업히렴."

어머니가 말했으나 아이는 좀체 정옥의 등에서 내리려고 하지 않았다. 낯선 표정으로 물끄러미 할머니를 바라보다가는 고개를 돌려버렸다.

"별난 아이새끼, 할미 등에 가시 박혔다던?"

어머니가 혀를 찼다. 그러나 아이를 나무랄 수만도 없는 것이, 일 년에 고작 서너 차례 볼 뿐인 할머니에게 낯을 익힐 겨를이 없었던 것이다.

정옥은 시계를 보았다. 집을 떠난 지 두 시간, 어느새 한 시간 택이나 걸은 셈이었다.

산굽이를 돌 때마다 묘원은 쉬이 나타날 듯하면서도 좀체로 나타나지 않았다.

"잠깐 쉬자."

길가 나무 밑에 앉아 어머니는 샌들의 흙을 털고 손수건으로 얼굴의 땀을 찍어냈다. 양산을 썼어도 워낙 뙤약볕이라 어머니의 얼굴은 붉게 익어 있었다. 정옥 역시 확확 달아오르는 피부가 한없이 팽창되는 느낌에 손바닥으로 얼굴을 쓸었다.

나무는 둥치가 굵고 그늘이 제법 짙었다. 그때까지도 이어지고 있는 군대의 행렬이 눈에 잡혔다. 아주 아득하고 희미했지만 눈을 조금만 크게 뜨면 비상 식량과 침구와 무기로 채워진 배낭을 걸머진 모습까지도 확실히 볼 수 있을 것만 같았다.

그는 전시(戰時)처럼 떠났다.

"어디로?"

낚시 가방을 메고, 어망과 바구니를 든 차림으로 신새벽에 집을 나서는 그에게 정옥은 바짝 마른 입술로 물었다.

"글쎄, 고기가 많은 곳으로 가야지."

"열쇠는 여기 있어요."

정옥은 대문과 현관 열쇠를 대문에 달린 우편함에 달랑 떨어뜨려보였다. 구멍으로 손을 집어넣으면 밖에서라도 쉽게 꺼낼 수 있을 것이다.

"… 찾으면 어딜 갔다고 할까요?"

"하눌재 신들내."

그가 암호처럼 짤막하게 내뱉고는 곧 그 대답을 얼버무리려는 듯 희미하게 웃었다.

"되도록 노숙은 하지 마세요. 몸에 해로워요."

해로워요! 끝엣말을 되새기며 정옥은 쓰게 웃었다. 담배는 건강에 해로우니 지나친 흡연은 삼갑시다. 당분은 치아에 해롭습니다. 누구나 입에 담는 해롭다는 말, 밤이슬은 몸에 해로워요, 그 말이 주는 일상성, 예사로운 삶의 부드러운 느낌이 당치 않게 우스꽝스럽다는 생각이 들었기 때문이었다.

안식 묘원. 입구는 갑자기 나타났다. 고대하던 폭으로는 너무 갑자기 나타난 탓에 그것이 그들이 이제껏 목적하고 오던 곳이라고 알아차리기에는 조금 시간이 걸렸다.

"다 왔다, 여기야."

어머니의 말이 아니라면 정옥은 그곳을 지나쳐 한없이 걸었을 것이다.

아카시아 숲을 양쪽에 거느린 넓은 길로, 묘지임을 알리는 어떤 표지도 없었다.

정옥은 조금 당황했다. 일상적이고 현세적인 삶의 풍경과 확연히 구분짓는 어떤 표시를 머리에 담고 있었기 때문인지도 몰랐다. 그것은 그녀가 지나는 길의 이어짐에, 등뼈처럼 밋밋하게 누운 산의 또 하나의 갈래에 지나지 않았다. 그렇다면 자신은 망자의 세계, 떠도는 혼들을 보려 했던가, 이제껏 경험한 적이 없는 다른 빛깔, 냄새, 형태의 고요로움을 감지하려 했던가.

길은 낮은 경사의 오르막길이었다. 숲 사이로 난 길을 꽤 깊숙이 들어가자 '묘원 사무소' 간판이 세로로 걸린 조그만 목조 건물이 나타났다. 그 허술한 건물은 둘로 나뉘어 한쪽

은 묘지를 찾는 사람들을 상대로 향·양초·술 따위 잡화를
파는 가게이고 나머지 한쪽은 사무소로 쓰이는 것 같았다.
전화기 한 대 놓인 철제 책상. 얼핏 시나 구의 세부도와 구
별할 수 없는, 벽에 걸린 구획도 때문에 사무소는 부동산
소개업소와 같은 인상을 주었다. 안에서는 러닝 셔츠 바람
이거나 예비군복의 앞단추를 모조리 풀어헤친 채 맨살을
드러낸 사내들이 장기를 두고 있었다.

"실례합니다."

어머니가 문안으로 머리를 쑥 들이밀자 그들은 동시에
고개를 들고 문 쪽을 바라보았다.

질척거리던 운동화의 물기가 말라 발은 신발 속에서 뿌
드득뿌드득 거북스럽게 부어오르는 느낌이었다.

"묘지 분양은 버얼써 끝났는데요."

그들은 다시금 장기판으로 눈을 돌리며 대꾸했다.

어머니는 가방에서 묘지 계약서가 든 누런 봉투를 꺼냈다.

"묘지를 매입한 사람이에요."

그제야 러닝 셔츠 차림의 사내가 느릿느릿 고개를 돌려
그네들을 바라보았다.

"한 번 왔던 길인데도 찾을 수가 없을 것 같아서요."

어머니가 정옥을 힐끔 보고는 사내의 눈앞에 바짝 계약

서를 펴보이며 곱게 태를 지어 웃어보였다.

"D블록 9-3이면 꼭대기군요. 이 길 따라가다가 오른쪽으로 세 번째 난 길인데 올라가는 층계가 있어요."

예비군복 차림의, 조금 젊은 쪽의 사내가 말했다. 부자연스러울 정도로 유난히 짙고 숱 많은 눈썹이 한 음절씩 말을 뱉을 때마다 꿈틀거렸다. 자신도 어쩔 수 없는 습관인가 보았다.

"특지예요. 네 평짜리. 우리 쥔과 내 합장묘인데요."

어머니가 덧붙였다.

"영감님을 모시려구요?"

나이 든 축인 러닝 셔츠 사내가 어머니와 정옥의 형색을 살피며 갑자기 은근하게 물었다.

"아니에요, 딸애가 마침 다니러 왔길래 묏자리를 일러주려구요. 지방에 살고 있어 좀체로 오기 어렵답니다."

어머니가 정옥을 보며 또 한 번 수줍게 웃었다. 정옥은 사무소 건물의 앞마당 펌프에 매달려 놀고 있는 아이에게로 눈길을 돌렸다.

"상을 당하면 즉시 연락 주세요. 미리 천광(穿壙)을 해놓아야 하니까요. 인부를 사기가 보통 어려운 일이 아닙니다. 하지만 어쩝니까? 모두 우리 사무소에서 알선해드리기로 되어 있으니."

"그러셔야죠. 묘지 매입 때 분명 그런 조건이 있었는 걸요. 물론 묘지 관리도 잘 해주시겠지요, 그것도 우리가 영구 관리비를 내는 조건이었죠."

"특지는 고지대지만, 특지로 장만하시기를 천만 잘하셨습니다. 아래를 굽어보고 앞이 탁 트이어 좀 좋습니까? 죽어서나 살아서나 그저 내려다보는 처지라야…"

"그러니까 특지겠지요, 돈이 얼마나 차이가 나는데요. 괜히 웃돈 주고 높은 델 샀겠어요?"

어머니는 묘지에 대한 이야기라면 얼마든지 계속하고 싶어하는 듯했다. 사내가 장기판으로 돌아앉자 어머니는 아쉬운 표정으로 계약서를 접어 가방에 넣고는 사무소를 나왔다.

정옥은 갑자기 아, 낮게 탄성을 지르며 눈을 감았다. 산의 등성이를 돌아서자 산을 가득 뒤덮은 봉분들의 비누 거품 방울처럼 보글보글 끓어오르는 모양이 부시게 눈에 들어왔기 때문이었다.

그러나 가까이 다가갈수록 그것은 난립의 형태를 띠었다. 계단식으로 조성되었다고는 해도 묘의 모양과 비석들이 일정치 않은 데다 잡초들 때문이었다.

대부분의 묘는 잡초가 무성하고 그 무성한 잡초 속에 역시 사무소 측에서 제공하기로 계약서에 명시되어 있다는 조그만 화강암의 묘비들이 숨어 있었다.

묘지는 땅에 박은 블록으로 통행로와 구획짓고 있었는데 블록의 대부분이 빠지거나 부서지고 모지라져, 길로 묘지의 흙들이 쓸려내려와 있었다. 이번 여름의 비 탓일 게다.

"망할 놈의 얄팍한 장삿속이야. 전혀 돌보지 않잖니? 관리비는 꼬박꼬박 받으면서."

어머니는 사무소의 사내 앞에서와는 달리 거칠게 내뱉었다.

아이는 손등의 물사마귀처럼 소복소복 솟아 있는 봉분들의 모양과 그 고요로움에 본능적으로 두려움과 거북함을 느끼는지 조금 질린 낯빛으로 말이 없었다.

사내가 일러준 대로 네 번째 블록으로 올라가는 길은 층계가 있었으나 거의 흙에 묻혀, 발자취로 길이 난 여느 가파른 산길과 다름없었다.

햇빛은 뜨거웠다. 아이는 또 땀을 흘리기 시작했다. 땅강아지 한 마리, 짧은 그림자를 음부(音符)처럼 찍으며 하얗게 튀어 오르는 길을 가로질러 날았다.

"어딜 가는 거지?"

아이는 자못 의심스러운 눈길로 정옥을 바라보며 물었다. 글쎄, 정옥은 잠깐 난감하고 당혹했다. 아이는 아직, 사람은 죽어야 한다는, 그래서 길들여졌던 모든 것에서 떠나가야 한다는 사실을 이해할 리가 없는 것이다.

"왜 그렇게 통 안 왔니?"

어머니가 문득 물었다. 어제 밤늦어 집에 들어섰을 때도 잠든 아이를 받아 안으며 같은 물음을 물어왔던 것을 떠올렸으나 정옥은 자신이 무어라고 대답했는지는 기억나지 않았다. 집이 비어서요, 라고 했던가, 좀 바빠서요, 라고 했던가. 이서방도 방학일 텐데, 어딜 갔니, 라는 물음이 뒤따르지 않았던 것으로 보아 뒤엣말로 대답한 것 같기도 했다.

"좀 바빠서요."

정옥은 이마를 찡그리며 대답했다. 그러자 비어 있는 P시의 집, 역시 텅 비어 있을 우편함과 두 개의 작은 열쇠가 떠올랐다. 마당 한구석에 놓여 있을 아이의 세발 자전거도.

정옥은 어머니에게, 올지도 안 올지도 모를 몇 자의 소식을 기다리느라 떠나기 어려웠다는, 믿을 수 없는 한 가닥 풍문에라도 기대고 싶었던 마음을 설명할 수가 없었다.

집을 떠날 때마다의 습관적인 불안이 아닌, 절박감이 아뜩 눈앞을 가렸다.

빈집에서 아직도 울리고 있을 전화벨 소리, 그리고 완강히 침묵하는 송수화기 속에 숨어 있는 소리.

"이선생 계십니까?"

"안 계신데요."

"어디 가셨습니까?"

목소리는 정중하고, 짜증기도 없이 끈덕지게 안부를 물어왔다. 전선 저쪽의 존재는 전혀 짐작해볼 여지를 보이지 않으며, 단지 이쪽의 안부가 궁금할 뿐이라는 듯 친근한 목소리. 그것은 안개 속에 숨어 결코 자신을 드러내 보이는 법이 없었다. 그러나 반드시 알아내고야 말리라는 날카로운 직업 의식을 본능적으로 알아챈 정옥의 편에서 허둥댈 도리밖에 없었다.

"이선생 계십니까?"

"기원에 나가셨는데요."

"어느 기원이죠?"

"혹시 누구와 함께 약속하셨는지 아십니까?"

"글쎄요, 바깥 얘긴 통 안 하니까…"

그가 집을 비우는 일은 좀체로 없었다. 그러면서도 전화 받는 것을 완강히 거부했다.

"이선생, 또 출타하셨습니까? 어쩐 일로 꼭 숨바꼭질을 하는 것 같군요."

익살기까지 느껴지는 가벼운 말투면서도 그 보이지 않는 목소리는 집요하게 그의 흔적을, 그가 빈자리에 어쩌면 흘렸을지도 모를 흔적을 뒤지려 들었다.

"이발소에 가셨는데요."

"집 부근인가요?"

"네, 청춘이발소라고…"

"이름이 좋군요. 하하하."

그날 모처럼 말끔히 이발을 하고 돌아온 그는 드디어 전화선을 가위로 잘라버렸다. 그가 집을 떠난 뒤에야 정옥은 수리공을 불러 잘린 선을 이었다.

"혹시 강도가 들었던 건 아닙니까?"

수리공은 예리한 날에 망설임 없이 잘려나간 전화선 단면을 들여다보며 킬킬 웃었다. 전화선을 잇자마자, 잘린 선 속에 숨어 있었던 듯 그 목소리는 기어나왔다.

"이선생 계십니까?"

"낚시를 떠났는데요."

"호오? 낚시요?"

"전부터 자주 다니는 걸요."

그의 낚시가 새삼스러울 게 없는 오래 전부터의 습관임

을 강조하느라 정옥의 목소리가 높아졌다.

"누구와 함께 가셨습니까?"

"글쎄요, 혼자 갈 때도 있고 여러 사람이 어울릴 때도 있으니까요."

"어디로 가셨습니까?"

"산들내라던가요? 아마 하눌재에서도 한참 들어간다더군요."

"많이 잡아오시면, 아주머니, 매운탕 얼큰하게 끓여놓으세요. 먹으러 가겠습니다. 하하하."

목소리는 하하하, 너털웃음을 웃었다. 분명히 끊기는 소리가 들렸는데도 한참 후까지 송수화기의 뚫린 구멍마다에서 하, 하, 하 터지고 있었다. 유쾌해서 못 견디겠다는 듯 몸을 흔들며, 그러나 토막토막 끊기는 자기의 웃음 소리를 날카롭게 들으며.

그 웃음 소리를 듣는 동안, 언제나 그토록 선명히 떠오르던, 집 떠날 때의 그의 모습이 점차 흐려지고 무너지는 절망감에 정옥은, 어디 있어요? 빈집에 공허히 감도는 자신의 목소리를 들으며 거듭 물었다.

그는 어디로 가고 있는 걸까.

"그들이 나를 찾을 까닭이 없소."

그는 말했었다.

황토흙이 좁은 사잇길로 벌겋게 흘러내려 발가락 사이로 스며들었다.

이른바 '특지'는 그 좁고 가파른 길의 꼭대기였다. 일련 번호가 표시된 것도 아니어서 정옥은 별반 미덥지 않은 어머니의 기억에 의존하는 수밖에 없었다.

정옥은 다시 아이를 업었다. 길은 두 사람이 나란히 오르기에도 좁았다. 어머니는 택지만 닦아놓았던 분양 당시와, 무덤이 들어찬 풍경이 너무도 다름에 기억의 혼란을 일으키는 기색이 완연했다.

계약서의 도면을 꺼내들고 출발했던 지점부터 되짚어 하나씩 도면의 번호와 맞춰가기 시작했다. 그러는 중에도 연신 깨금발로 서서 샌들의 흙을 털어내며 혀를 찼다. 합장묘를 준비한 것에 안심하면서도 어쨌든 공동 묘지라는 사실이 서운한가 보았다.

선산은 북쪽이었다. 겨울에 상을 당하면 집뜰에 가묘를 쓰고 얼음 풀린 후에야 새로이 장례를 치러 산에 매장을 한다고 했다.

"여길 올라가려면 시신이 서서 가겠구나."

모래 섞인 황토흙에 미끄러지던 어머니가 쑥대머리처럼

자란 잡초를 잡고 후여후여 기어올랐다. 정옥이 잠시 숨돌
릴 참으로 멈춰 서서 돌아보니 기어올라온 길이 아득해 보
였다. 골짜기를 사이에 둔 옆의 등성이 훨씬 아래쪽, 흙이
파헤쳐진 묘지에 7,8명은 됨직한 인부들이 둘러서서 삽질
을 하고 있었다. 매장이 있는 모양이었다.

　새벽마다 그는 산에 올랐다. 언제 빠져나가는가. 새벽의
얕은 꿈속에서 탁, 대문 닫치는 소리를 들을 때마다 정옥
은, 이제는 다시 그를 보지 못하려니 하는 절박한 느낌에
사로잡히곤 했다. 막막하게 무너져내리는 느낌을 지우려고
그녀는 꿈속에서도 이건 꿈이지, 곧 날이 밝아 꿈이 깨면
그는 돌아와 있으려니, 수돗가에서 천연히 이를 닦고 있으
려니, 자신을 달랬다. 잠은 짧고 꿈은 어지러웠다. 정옥은
언젠가 그의 발자취를 따라가보리라 생각했었다. 그러나
한 번도 실행해본 적은 없었다. 그녀가 자신에게 이르듯 결
코 새벽잠 탓만은 아니었다. 진종일 낮잠이나 바둑, 밤의
수면을 위한 작은 노동—서투른 솜씨로 물 새는 홈통을 고
친다거나 아이의 세발자전거를 밀어주는 따위—으로 소일
할 수밖에 없는 그에게 있어 새벽은 유일한 그의 몫으로 결
코 침해할 수 없다는 생각이 작동한 때문일 것이다. 그것은
흔히들 그러하듯 건강을 위한 새벽 산책이라고 볼 수 없기

에, 어쩌면 제의(祭儀)와도 같은 것이기에 정옥은 잠을 깬
시늉만이라도 금기로 삼가고 있었던 것이다.

싸아한 냉기와 함께 그가 들어설 즈음이면 정옥은 잠이
설깬 눈을 비비고 차던진 아이의 이불을 덮어준 뒤 쌀을 씻
어 밥을 안쳤다.

"더 주무시지 않구요."

이른 아침 집 앞 고목을 쓸고 온 부지런한 가장에게처럼
그녀는 천연하게 말했다. 그러면서 돌아서서는, 그에게는
들릴 리 없는 작은 소리로 중얼거렸다. 난 아무것도 몰라
요, 그냥 아무것도 모르는 여자예요. 그걸 불행이라 생각해
본 적은 없어요. 비 온 뒤 부드럽고 따뜻한 땅에 꽃씨를 뿌
리고, 싹이 돋아 피어나는 모습에 놀라 기뻐하는 여자예요.
욕심만 부리지 않는다면 그날그날을 남들처럼 예사롭게 살
아갈 수 있어요. 미래도 있구요. 아이가 있잖아요. 그러면
그는 대답할 것이다. 당신은 꽃씨나 뿌리면서 살자 하지만
꽃씨를 뿌리는 마음은 또 무엇이오, 그것은 꽃을 보고자 하
는 기다림과 꿈이 있기 때문일 것이오.

정옥이 미래라고 부르는, 자신이 죽은 뒤의 시간과 공간
에 대해 생각하는 것은 그것이 아이가 살아갈 세상이기 때
문이다. 세상과 함께 핏줄을 남겨놓고 가기 때문이다.

"그전엔 그저 산등성이드만 이렇게 많이들 오셨으니…"

한숨을 쉬며 도면과 묘지를 번갈아 둘러보던 어머니가 아, 여기다, 소리치며 손짓을 했다.

잡초 속에 묻힌 시멘트 블록으로 구획된 직사각형의 빈터는 생각보다 좁았다. '9-3'에서 빈자리는 그곳뿐으로 주위에 모두 봉분이 솟아 있어 움푹 파인 듯 더 옹색해 보이는 건지도 몰랐다. 바로 옆자리에도 갓 생긴 듯 성글게 떼를 입힌 봉분이 솟아 있었다. 삼우(三虞)를 지낸 걸까. 시든 꽃묶음, 먹물 글씨 번진 흰 종이, 음식 찌끼가 비어져나와 보이는 신문지 꾸러미 따위가 소주병, 종이컵들과 한군데 모아져 있었다. 비가 쏟아지는 바람에 미처 처리하지 못하고 내려간 모양이었다. 여름철의 소나기란 새삼스러울 것이 없는 법이다.

조금 좁다 싶은, 이만한 넓이에 어떻게 두 사람이 묻힐까. 의아해하는 정옥의 눈치를 알아채고 어머니는 조금 면구스러운 낯으로 변명하듯 말했다.

"그래도 합장묘라 넓은 편이다. 자, 봐라. 단독묘와 합장묘가 보기에도 벌써 얼마나 다르냐."

평평한 못자리는 잡초밭이었다. 언젠가 단단히 엉켜붙은 땅을 들뜨게 하는 억센 뿌리가 파헤쳐지고 새로이 둥글고

커다란 봉분이 솟을 모양이 짐작되지 않았다.

　아이는 아이들 특유의, 경탄할 만한 친화력으로 이미 묘지를 낯설어하지 않았다. 정옥은 호기심 많은 아이에게 그들이 침입해온 다른 세계에 대해 설명해야 할 상황에서 놓여난 것에 안도감을 느꼈다. '이곳이 어디지?' '죽은 사람들이 묻힌 곳이란다' '죽은 사람? 죽은 게 뭔데?' 아, 정말 죽은 사람이란 무엇인가. 한 시대, 같은 사건을 함께 겪은 사람, 언젠가 어느 길목에서 무심히 스쳤을지도, 가볍게 눈이 마주쳤을지도 모를 사람들. 아침이면 일어나고 밤 되면 잠들어 햇빛, 바람, 눈과 비를 함께 경험한 사람들. 그들 생애의 어느 순간 자신은 태어났으며, 그리고 자신의 생의 어느 순간 그들은 겸손하게 떠나갔다. 한 시대를 나누어 가졌던 엄청난 우연성에도 불구하고 그들 죽음의 어떤 조그만, 보잘것없는 예감과 징후가 자신에게 있었던가.

　더 멀리 아득하게 시가지가 내려다보였다. 워낙 거리가 먼 탓에 맑은 날씨인데도 그곳은 부옇게 흐려 보여 색채 처리가 미숙한 인화지와도 같은 느낌을 주었다.

　갑자기 바람이 불어왔다. 이마를 적시는 한 줄기 서늘한 기운에서 정옥은 바람이 몰고 온 도시의 흐린 잔영을 보았다.

　바람결에 무슨 소리인가 귓전을 스치며 스러졌다가 다시

이어졌다. 잇달아 두드리는 징소리나 작은 북소리, 어쩌면 이 두 가지가 어우러지는 듯한, 자칫 눈만 껌벅거리는 사이에도 놓쳐버릴 듯, 멀고 아련한 소리였다.

바람이 지나자 소리는 사라지고 도시는 멀어졌다. 햇빛은 더욱 뜨겁게 느껴졌다.

"그늘이 있었더라면 좋을걸."

신문지를 펴고 앉았던 어머니가, 개미라도 기어오르는지 종아리를 철썩 치며 말했다. 그러나 산을 모조리 깎아 만든 묘지에 울창한 숲이나 뿌리 번성한 나무가 있을 리 없었다.

해는 머리 꼭대기에 와 있었다. 그림자는 발 밑에서 짧게 뭉개져 세 사람의 몸체는 어떤 엄폐물도 찾지 못해 바알갛게 드러났다.

헝겊 구럭에 습습히 물기가 내배었다. 물이 샐 게 없는데, 하며 정옥은 구럭에서 사이다, 참외 따위를 꺼내 풀밭 위에 놓았다. 흰 수건 위에 늘어놓은 몇 가지 음식으로 금시 원유회의 즐거운 식탁이 되었다.

이것이었나, 정옥은 속으로 중얼거렸다. 아침 식사를 하면서 어머니가 지나가는 말처럼 묘원에 가볼래, 했을 때 뜨거운 날씨에 아이를 이끌고 나설 일이 엄두가 나지 않으면서도 쉽게 고개를 끄덕였던 것은 죽은 자의 절대적 평화와 외로움을 만나리라는 환상 때문이었던가.

음료수 병의 마개를 따자 갇힌 탄산 가스들이 작은 기포가 되어 방울방울 흘러내렸다. 끓어오르는 거품 소리만 무심히 들릴 뿐 죽은 듯한 정적이었다.

정옥은 병의 아구리로 넘치는 거품을 조금 땅에 뿌려 고수레를 한 후 한 모금 마시고 아이에게 건네었다.

"그늘이 있어얄 텐데."

어머니의 중얼거림은 한번 해본 소리에 지나지 않았다. 비껴 세운 양산 외에는 그늘이 되어줄 만한 곳은 한 뼘도 없었다.

"이리 와 앉으렴."

어머니가 아이에게 양산 그늘을 가리켰다. 아이의 얼굴도 토마토빛으로 익어 있었다. 아이는 음료수를 한 모금 마시고는 카아, 목구멍 소리를 내며 입맛을 다셨다.

"녀석, 나중에 술을 얼마나 마시려고 벌써 그러니. 아비가 그렇게 하던?"

어머니와 정옥이 큰 소리로 웃자 아이는 기대했던 반응에 만족해서 한번 더 크게 카아, 소리를 내었다.

"합장묘라 그런지 퍽 넓은 것 같아요, 위치도 좋고."

딴에는 어머니의 마음을 흡족하게 하려는 뜻에서 정옥은

생각과는 다른 소리를 했다. 어머니가 관리 사무소의 사내에게까지 특지, 합장묘임을 강조하던 심중이 헤아려졌기 때문이었다.

"넓은 게 다 뭐냐. 두 자리치곤 좁지. 자리는 각각 파고 봉분만 같이하는 거니 얼추 두 자리 폭을 잡아야 하는데."

어머니가 어림없다는 듯 고개를 저었다. 조금 전에 하던 말과는 딴판이었다.

"합장을 할 때는 말이다. 봉분을 올리기 전, 서로 통하게끔 가운데에 구멍을 뚫는단다. 네 조부모 때도 그랬는데 이장하면서 보니까 그 구멍이 반들반들하게 길이 나 있더라, 두 분이 자주 왕래를 하셔서 그런 거야."

어머니가 얼굴을 조금 붉힐싸하며 높은 소리로 웃었다. 합장을 하면 다음 세상에서도 부부의 인연으로 맺어진다는 것을 어머니는 의심하지 않았다.

소녀 시절, 정옥의 친구들 사이에서 비밀히 유행하던 놀이가 있었다. 민담책에서나 나옴직한 얘기에서 비롯된 놀이였다. 달 없는 밤, 이마 위에 은장도를 대고 둥근 거울을 보면 미래의 남편으로 맺어질 얼굴이 나타난다고 했다. 두려움과, 천박한 엽기 취미에 대한 경멸도 있었지만 미래의 짝을 보고자 하는 호기심과 유혹은 물리치기 어려운 것이기도 했다. 거울에는 물론 아무런 상도 나타나지 않았다.

그러나 정옥은 꽤 오랫동안 그 놀이를 계속했다. 불을 끈 빈방에 일어나 앉아 어두운 거울 속을 들여다보며 간절히 만나기 원했던 것은 미래의 남편 얼굴이었다.

결혼식이 끝나고, 이제 우리는 부부가 되었소, 그가 말했을 때 낯섦은 사라지고 전생에서부터 걸어오듯 그렇게 익히 알고 있는 얼굴이 다가왔다.

정옥은 그때까지도 막연히 사로잡혀 있던 실패감에도 불구하고 충실한 수행자로서의 공순(恭順)과 정절을 맹세하며 그의 손을 잡았다. 네, 정말 그래요. 그리고 비로소 달 없는 밤, 거울 속의 얼굴을 보았다.

그는 먼지 이는 길을 뜨거운 햇빛, 희디희게 한입 가득 물고 걷고 있다. 뜨거운 햇빛은 가슴속의 불이 되어 탄다. 갈증에는 면역이 없다. 그는 이런 갈증에서 해방되어본 기억이 없다. 입 가득 달아오르는 열기를 헹구고 불이 이는 발을 담그고 싶어 어딘가 흐르고 있을 차가운 냇물을 찾아 헛되이 두리번거린다.

그는 걷는다. 인적 없는 들길, 벼 청정히 자라고 영글지 않은 알갱이 무심히 차오르는 소리, 아직 남은 물기 불볕에 말리며 이삭 패는 소리.

저수지는 어디쯤일까, 멜빵을 해서 걸친 낚싯대의 무게가 만만치 않았다. 새로 만든 멜빵은 길이 들지 않아 땀 흐르는 어깻죽지를 뻣뻣하게 파고들어 살갗이 쓰라렸다.

분명 여인숙의 처녀는, 이십 리쯤만 가면 저수지가 있다고 말했다. 그러면서 새것 일습인 그의 낚시 도구를 흘낏거렸다. 그녀의 얼굴에서 수상쩍어하는 표정을 읽은 것은 어쩌면 그의 느낌일 뿐인지도 몰랐다.

방안 깊숙이 들어온 햇빛에 잠이 깬 것은 거의 열 시가 다 되어서였다. 그는 눈을 뜨자 몸을 일으키기에 앞서 습관적인 몸짓으로 바깥 동정에 귀를 기울였다. 누군가 한껏 볼륨을 올린 라디오의 연속극 소리뿐 바깥은 조용했다.

그가 방문을 열자 엉덩이를 쳐들고 긴 마루에 걸레질을 하던 처녀가 그를 보며 웃었다. 어제 저녁 여인숙에 들었을 때 밥상을 들고 들어온 처녀였다.

"아침상 올릴까요?"

그는 고개를 저었다. 칫솔을 물고 마당으로 내려서자 처녀가 따라나와 어제 저녁처럼 대야에 가득 물을 채워주었다.

"오늘 떠나실라구요?"

"여기가 어디지?"

그가 처녀의, 탱탱한 볼을 보며 되물었다. 이상한 일이다. 집을 떠나면서부터 그는 자신이 지나가는 곳, 가고 있는 곳의 지명에 무관심해졌다. 어디나 마찬가지라는 생각 때문일까. 그러면서도 낯선 여인숙의 비좁고 누추한 방에서 눈을 뜰 때마다 여기가 어디였던가, 기억을 되살리며 안타깝게 고개를 흔들곤 했다.

"진내읍 아닙니까?"

처녀가 빤히 그를 쳐다보았다.

"낚시할 만한 데가 있을지 모르겠다."

도대체 어디서 온 어떤 사람인가를 탐색하려는 듯 금시 의심스러워하는 표정을 띠는 처녀의 얼굴을 보며 그는 고쳐 말했다.

"이십 리쯤 가면 저수지가 있는데 고기가 아주 굵고 많아요. 사람들이 많이 빠져 죽어 그렇게 고기가 쩐데요."

처녀는 재빨리 표정을 풀고 진저리 치는 시늉을 하며 킬킬 웃었다. 그때 길 건너 극장 지붕에 매달린 스피커에서 영화 선전이 요란히 울렸다. 거듭되는 상영 예고를 들으며 그는 문득 그 처녀를 데리고 영화관에 가도 좋겠다고 생각했다. 혼자일 때보다 동행이 있을 때, 그보다는 군중 속에 섞이는 것이 안전한 은신이 될 수 있다는 것을 알기 때문이었다.

…선생이 말하는 꿈이란 무슨 뜻인가. 우리가 잘 때 꾸는 꿈은 아니겠지. 말이 어렵군. 당신 강의를 듣자는 건 아니오. 우리 모두 알아들을 수 있는 쉬운 말로 하시오. 그들은 갑자기 어조를 바꾸어 그의 어깨를 치며 너털웃음을 터뜨렸다. 그러나 눈은 웃지 않았다. 그는 흠칫 어깨를 떨어 얹힌 손을 털어내었다. 그러나 언제 어디서고 쇠고리의 맞물린 틈에 완강히 죽지를 잡혀 있는 느낌, 죽지를 찢을 듯 죄어오는 무자비한 악력을 떨쳐버릴 수 없었다.

"영화 구경이나 갈까."

"손님 따라 나가면 쥔아줌마한테 혼나요."

처녀가 새침하게 대답하고는 라디오의 볼륨을 한층 더 높였다.

근 한 시간이나 기다려서야 영화는 시작되었다. 자동차의 질주, 충돌, 불덩어리가 되어 바다로 떨어지는 승용차, 화면 가득 클로즈업되던, 탈 쓴 듯 하얗게 분바른 일본 무극의 배우들 따위 몇몇 장면만 기억나는 것은 내내 딴생각을 했다는 증거다. 그런데도 그는 영화를 보면서 조금 울었던 기억이 났다. 왜 울었을까.

영화가 끝나고 극장 안에 불이 켜지기 전 그는 극장의 시계를 보았다. 금연, 탈모의 붉은 아크릴의 글씨 옆 전자 시계가 두 시를 가리키고 있었다. 밖은 아직 쨍쨍한 대낮일 거라는 생각에 그는 좀더 눌러앉아 있기로 했다. 아침을 거른 속이 쓰려 그는 두 번째 상영이 시작되기 전 매점에서 빵과 요구르트를 샀다. 빵에서는 심하게 방부제 냄새가 났다. 두 번째의 상영에서도 그는 조금 울었다. 그리고 먼젓번에도 역시 같은 장면에서 울었던 것을 생각해냈다. 색종이 조각들이 눈보라처럼 날리고 오색 풍선이 하늘 가득 떠올랐다. 용머리 장식의 등을 들고 고깔 모자를 쓴 사람들이 비누 거품처럼 웃음을 피워올리며 미친 듯 소리를 질렀다. 베란다마다 더러운 옷가지가 내걸린 빈민가의 거리에서 사람들에게 밀리지 않으려고 애쓰며 만삭의 임부가 힘들게 걷고 있는 장면에서 그는 불현듯 눈앞이 흐려왔던 것이다.

낡은 화면은 색채가 흐리고 자막은 한 자도 읽을 수가 없었다. 어느 구석에선가 아이가 자지러지게 울고, 그 소리는 천장이 높고 거의 빈 좌석인 어두운 극장 안을 뒤흔들며 울렸다.

그는 상영 도중 극장을 나왔다. 밖은 여전히 대낮이었다. 해를 따라 걸으며 그는 머릿속의 안개를, 그 비현실감을 걷어내려는 듯 자꾸 머리를 흔들었다. 고깔 모자를 쓰고 미친 듯 춤을 추던 검고 흰 사람들, 초라하고 피로에 지친 만삭의 임부, 울고 있는 아이, 그것은 어제의 일이던가, 조금 전의 일인가, 아니면 내일의 일인가. 어제와 그저께와 또 훨씬 이전, 자신의 몸을 빌려 지나갔을 어느 한 생의 기억과 구별할 수 없는 똑같은 길을 걸으며 그는 비로소 자신이 왜 울었던가를 알 것 같았다. 아들 때문이었다. 그가 희구하는 평화로운 삶, 아들이 살기를 바라는, 그러나 아들 역시 실패하고야 말 삶, 그럼에도 사람들이 살아가는 모습의 어쩔 수 없는 아름다움 때문이었다.

어머니는 두 개째의 참외를 깎았다. 어디선가 까치가 푸드덕 날아들었다.

햇빛과 정적만 가득 찬 공간을 나는 검은빛의 움직임에 어머니는 칼질을 멈추고, 정옥은 반사적으로 아이 쪽을 바라보았다. 무료히 앉아 빈 병에 부우부우 바람만 불어넣고 있던 아이가 병을 내려놓고 눈을 둥글게 떴다.

건너편 산등성이 너머에서는 여전히 징소리, 바라 소리가 바람을 타고 간간이 들려오고 있었다. 너무도 멀고 아련해서 혹시 환청인가 생각되기도 했다.

잠깐 눈을 가늘게 떠서 까치를 좇던 어머니는 다시 참외 껍질을 벗기기 시작했다.

아이가 일어나 까치에게 살금살금 다가갔다. 까치는 뜻밖의 내방꾼들에 대한 적의를 숨기지 않았다. 푸른빛 광택이 칠칠히 흐르는 단단한 날개, 희디흰 배, 어쩌면 조롱하듯 까맣게 반들거리는 눈으로 아이를 가만히 노려보았다.

적의를 감지한 아이의 눈이 팽팽히 긴장했다. 주먹을 불끈 쥐고 아이다운 교활함으로 친근하게 미소를 띠며 발소리를 죽여 다가갔다. 그러자 까치는 어깨를 털고 훌쩍 날아올랐다. 아이와 꼭 한걸음만큼의 거리를 두고서였다.

머쓱해진 아이는 투정이라도 부릴 듯한 얼굴로 정옥을 바라보았다. 낸들 어쩌겠니, 하는 시늉으로 정옥은 어깨를 치올렸다가 손을 털어보였다.

까치는 바람 없어 움직이지 않는 흰빛의 공간을 자유롭게 날았다. 한낮의 적요로움이 쇳빛 날개에 무겁게 얹혀 있었다. 까치는 모둠발뛰기를 하듯 묘석에서 묘석으로 옮겨앉았다. 아이는 그때마다 한껏 걸음을 죽여 다가갔으나 까치는 매번 손끝에서 피어오르듯 아슬아슬하게 빠져나갔다.

길 쪽에서 영구차가 먼지를 피우며 올라왔다. 그것은 정옥이네들이 앉아 있는 산 밑을 돌아 옆의 등성이로 오르는 입구에서 멎었다.

영구차의 문이 열리고 관을 든 사람들이 앞장서서 천천

히 산으로 올랐다. 그들은 정옥이 짐작했던 대로, 인부들이 대기하고 있는, 미리 파놓은 묘지로 향하고 있었다. 정옥이네보다 훨씬 아래쪽에 위치한 자리였다.

급히 차일이 쳐지고 관을 따라온 사람들이 햇빛을 피해 차일 안으로 들어갔다.

홀로 살아 있는 듯 우뚝우뚝 선 묘비 사이로 아이는 까치를 쫓아 마구잡이로 뛰어다녔다. 맨살에 닿는 풀의 감촉이 좋은지 운동화도 양말도 어느 결에 벗어버렸다. 아이는 제 키 높이의 묘비를 끌어안고 빙글빙글 맴을 돌기도 했다.

아이는 엄마와 할머니의 존재를 완전히 잊고 있는 듯했다. 정옥이 아이를 이처럼 남의 아이 보듯 멀게 보는 것은 처음이었다. 짧은 반바지에 깃 없는 셔츠를 입고 무구하게 뛰노는 아이는 누구인가. 배태하기 전부터 그토록 자주 꿈속에서, 욕망 속에서, 사유 속에서 만나던 아이인가.

정옥은 아이를 갖기 전 어느 시간, 어느 장소에서나 달려오는 아이들을 보았다. 마음속에 어떤 특정한 모습을 지니고 있지 않았음에도, 자신의 배를 빌려 태어날 아이는, 미래로부터 그녀에게로 냉담히 또는 팔 벌리고 즐겁게 달려오는 아이들 중 그 누구와도 닮아 있지 않았다. 나의 아이는 누구인가.

신작로가 세 갈래로 갈라지는 지점이었다. 신작로를 곧게 따라 걸으면 읍이나 면 단위의 작은 거리들이 나타날 것이다.

왼쪽으로 난 길의 입구에는 '보타사 10Km' 라는 절표지 팻말이 서 있었다. 여인숙의 처녀가 말한, 고기가 많다는 저수지는 아마 오른쪽 들길로 가야 될 성싶었다.

보타사 팻말 앞에서 잠시 망설이던 그는 삼거리 모퉁이의 가게 유리문에 쓰인, 국수, 라면 따위의 글씨를 보고 가게 안으로 들어갔다. 극장 매점에서 사먹은 빵의 방부제 냄새가 아직까지도 위장 속에 괴어 있어 숨 쉴 때마다 올라왔음에도 심한 허기를 느꼈던 것이다.

잡화를 파는 가게 안쪽으로 길다란 탁자가 두 개 보였다. 가게에 붙은 방에서 젊은 여자가 고개를 내밀었다. 낮잠이라도 자고 있었던가, 얼굴이 부스스했다.

"라면 됩니까?"

차림표를 눈으로 훑으며 그가 묻자 여자는 블라우스 앞단추를 채우며 나왔다.

"계란 넣을까요?"

여자가 탁자를 훔치며 물었다.

"아니, 국수도 됩니까?"

라면의 상한 닭기름 냄새가 역하게 떠올라 그가 급히 고
쳐 물었다.

그녀는 대답 없이 흐트러진 머리칼을 쓸어올려 핀을 꽂
으며 소주병, 음료수 병, 성냥 따위가 먼지를 뒤집어쓰고
얹혀 있는 시렁의 꼭대기에서 국수 다발을 꺼냈다.

국수를 기다리는 동안 그는 담배를 피워물고 벽에 붙은,
새마을 운동 표어, 식량 증산 운동 표어, 현상금 걸린 지명
수배자들의 사진과 죄명, 현상금의 액수까지 빠짐없이 차
례로 읽어갔다. 그러면서 내내 시멘트 바닥에 발을 탁탁
굴러 농구화에 묻은 먼지를 털어냈다. 머리에 임을 인 아
낙네와 노파들이 서너 차례 가게에 들어와 초와 만수향을
사갔다.

기우는 한낮의 정적 속으로 개구리들의 울음 소리가 들
려왔다. 밤에는 비가 올 모양이었다.

국수는 꽤 오랜만에 나왔다. 주인여자는 멀건 멸치 국물
에 만 국수와 열무김치, 젓가락들을 일일이 한 가지씩 날라
다 탁자 위에 늘어놓았다.

"양초 주세요."

노파와, 댓 살 정도 되어 보이는 사내아이의 손을 잡은 젊
은 아낙네가 가게 안으로 들어서자 주인여자가 조금 웃는

시늉으로 알은체를 했다. 젊은 아낙네는 소복 차림이었다.

"재 올리러 가시는군요."

"오늘이 칠이레 마지막 재라오."

노파가 젊은 아낙네 쪽을 흘긋 보며 수군수군 대답했다.

시렁을 뒤적이던 주인여자가 손의 먼지를 탁탁 털며 초가 다 떨어졌노라고 고개를 저었다.

그들은 만수향과 네 홉들이 정종 한 병만을 사들고, 어쩌나 하는 표정으로 가게를 나갔다. 소복한 아낙네는 아이의 손을 쥔 채 시종 말이 없었다.

"오늘 재 드는 날인 줄 알면 양초를 받아올 것이지, 이 처사는 밤낮…"

주인여자가 투덜거렸다. 절에 가는 손님 상대가 무시 못할 몫인 모양이었다.

"불사가 있는가부죠?"

고춧가루 한 숟갈을 청하고 그는 공연히 군일을 시킨 듯 미안해져 한마디 거들었다. 멀어져가는 젊은 아낙네의 흰 치마 한 자락이 희끗희끗 눈에 밟혔다.

"오늘이 백중날이에요. 산 너머 보타사 가는 사람들이지요."

그의 눈길이 흰 옷자락 끝을 감실감실 따라가고 있음을

보고 여자는 덧붙였다.

"49재가 마침 오늘인가봐요. 윗마을 사람들인데 애 아버지가 저수지에 빠져 죽었거든요."

고춧가루를 국수 위에 붓고 젓자 쌀겨 같은 고추벌레가 하얗게 떴다.

가게방에서 아이 우는 소리가 들렸다. 가게 문턱에 턱을 괴고 앉아 멍하니 밖을 내다보는 여자의, 불룩하게 솟은 블라우스 가슴께에 물기가 내배 점차 짙은 빛으로 적시며 넓게 번졌다. 아이의 울음 소리가 찌르는 듯 높아지자 여자는 느릿느릿 몸을 일으켜 방으로 들어갔다.

국수는 양이 많고 맛이 없었다. 배고팠던 푼수치고는 보잘것없는 식욕이었다.

아이에게 젖을 물리고 있는 주인여자에게 돈을 치르고 그는 가게를 나왔다.

"탈관을 하나부다"

내내 아래쪽에서 벌어지는 광경을 보고 있었던 듯 어머니가 눈을 가늘게 뜨고 말했다. 검은 칠을 한 관을 묶은 광목의 일곱 매듭을 푸는 중이었다.

"왜 탈관을 하죠?"

"뼈가 흰색으로 곱게 남으라고 남쪽 사람들은 더러 그러기도 한다더라, 나무 물이 들면 뼈가 누렇게 변색 된다던가…"

정옥은 햇빛 아래 숨길 수 없이 굵고 가는 주름살이 얽혀 드러나는 어머니의 얼굴을 물끄러미 바라보았다. 화장은 지워졌지만 눈두덩에는 뵐 듯 말 듯 푸른 칠이 남아 있었다. 참외를 한 입씩 천천히 베어 물며, 정옥의 시선을 의식한 어머니의 얼굴이 조금 굳어졌다. 정옥은 짐짓 가벼운 몸짓으로 일어났다. 기지개를 켜듯 두 팔을 들어올리고 심호흡을 했다. 일어서자 장례를 치르는 광경이 좀더 환히 보였다.

칠성판에 누운 시신이 내려가자 엎드린 사람들 사이에 한바탕 곡성이 어우러졌다.

하관이 끝나자 검은 양복에 건을 쓴 남자들이 흙을 한 삽씩 떠서 던져넣고 물러섰고 이어 흰옷 입은 여자들이 삽으로 흙을 떠 넣었다. 그것은 어쩌면 공식적인 기념식수를 방불케 하는 광경이었다.

상제들에게서 삽을 넘겨받은 인부들이 우 달려들어 재빨리 흙을 덮은 뒤 회 다지기가 시작되었다. 7,8명은 될 듯한 그들은 긴 장대를 하나씩 들고 무덤 속으로 들어갔다. 묘지의 위쪽에 무릎을 세우고 느른히 앉아 있던 늙은이가 선창을 하자 인부들은 두 줄로 나뉘어 우렁우렁한 소리로 받아 부르며, 마주보고 등을 대는 동작의 되풀이로 발 밑을 단단히 다졌다. 계면의 슬프고 느린 음조. 타령의 내용은 정옥이 있는 곳까지 들려오지 않았다. 그러나 가락은 선연히 잡혔다.

목이 잠긴 늙은이가 담배 한 대로 단내를 식힐 참이면 구덩이 안으로는 또 한차례 회 섞인 흙이 퍼부어졌다. 곡성과 타령이 잦아진 틈을 타서 징소리, 바라 치는 소리가 은은히 들려왔다.

정옥은 그 자리를 떠나 한 기의 무덤마다 일일이 멈춰 서며 천천히 묘비에 새겨진 이름과 생몰 연대를 읽어나갔다. 거의 한 세기를 산 사람도, 삼십 년을 못 채우고 죽은 사람도 있었다. 어느 쪽이나 다 놀라움을 불러일으켰다. 자신이 살아 있기 때문일 것이다. 묘지를 마련하고 살아가는 사람들, 열일곱 살의 죽음, 스무 살의 죽음. 나이에 따라 죽음은 그 모습과 빛깔을 달리한다. 그것 역시 그 죽음을 기억하는 사람들의 가슴속에 찍힌, 시간과 함께 희미해지고 이윽고 잊혀지고야 말 그림자에 지나지 않지만.

정옥이 다시 이곳에 올 때는 성큼 커버린 아이와 둘이서 이리라. 그때 아이는 기억할까. 지나간 시간 속에 묻힌 어느 뜨거운 여름날의 정경들을. 정옥은 걸음을 멈추었다. 어느 무덤 앞에 놓인 몇 송이의 크림빛 장미에 눈이 멎었던 것이다. 처음에는 향기롭고 탐스러웠을 꽃은 뜨거운 햇빛으로 어쩔 수 없이 시들었지만 꽃을 싼 셀로판 종이 안쪽에는 물방울이 괴어, 잎은 푸르고 싱싱해 보였다. 어제 내린 한차례 소나기의 흔적이었다. 눈여겨보니 봉분 앞의 좁은 빈터에도 하이힐의 굽자국이 움푹움푹 파여 굳어져 있었다.

어제 P시의 집 마루 끝에서 보던 비의 흔적을 이곳에서 발견한 것이, 자신이 아이를 안고 잠재우며 바라보던 빗속을 크림빛 장미를 든 젊은 여인은 정다운 이의 묘지를 찾아왔으리라는 통속적인 추리가 정옥에게 뭔가 불가사의한 느낌을 주었다. 그러나 여름날의 비란 항다반사가 아니냐, 정옥은 고개를 흔들었다.

장마는 걷히었다지만 깜짝깜짝 놀라게 천둥 번개 치다가 거짓말처럼 개는 날씨가 근 한 달째 계속되고 있다. 남녘의 한 소도시 소재 경찰서로부터 연락을 받은 것은 보름 전의 일이었다.

"갑작스레 비가 내려 사고를 당한 모양입니다."

그곳 주재 파출소의 순경이 유류품이라고 내주는 바구니, 낚싯대, 접은 의자 따위에는 그때까지도 물기가 축축했다. 점퍼 주머니에서 꺼낸 수첩, 신분 증명서의 잉크 글씨가 몹시 번져 보였다. 신분 증명서에 붙은 증명 사진은 이미 아무것도 증명해낼 수 없는 잊혀진 과거의 얼굴처럼 낯설고 흐렸으며 특징이 없었다. 모든 사람들이 머리칼을 기르기 전의 치깎은 머리 모양이라 더욱 그런 느낌이 드는 건지도 몰랐다.

"아들입니까?"

정옥을 탐색하는 눈길로 찬찬히 바라보던 순경이, 얼핏 계집애와 구별이 가지 않게 머리털이 귀와 이마를 덮은 아이를 가리키며 물었다.

"애 하납니다."

정옥은 고개를 숙이고 묻지도 않은 말을 덧붙였다.

아이의 눈길은 시종 순경의 허리에 달린 권총에서 떠나지 않았다.

"비만 오면 갑자기 물이 불어서… 강 가운데 섬은 고립되고 묻혀버립니다. 어쩌면 헤엄쳐서 피신했을 겁니다. 수색 작업은 계속하고 있습니다만, 타지방 사람들은 사고를 잘 당해요. 비만 오지 않으면 꽤 안전하고 그럴 듯한 섬이지요. 물 깊이도 어른 허리 높이 정도이고, 거리도 그만하고… 지난 해에도 애들 데리고 캠핑 온 사람이 밤중에 갑자기 쏟아진 폭우로 사고를 당했답니다. 비만 오면 흔적도 없이 잠겨버린다는 걸 알 리 없었지요."

젊은 아낙에 대한 동정으로 순경의 말은 친절하고 장황했다.

"아빠 꺼지? 그전에 날 데리고 갔을 때…"

정옥이 하나씩 집어드는 물건들을 보며 아이가 반갑게 소리쳤다. 아이는 지난 해의 긴 여름날 아빠와 함께 갔던 낚시를 기억하고 있었다. 그 후로는 간 적이 없었기 때문이었다.

정옥은 순경을 따라 이른바 그 '현장'을 보러 갔다. 강으로 흘러드는 큰 냇물의 한가운데, 모래가 퇴적해서 생긴 섬이었다. 그것은 물고기 배처럼 타원형의 밋밋한 모습으로 물 가운데 하얗게 드러나 있었다. 도시 하룻밤의 비로 사라져버릴 성싶지 않게 작은 섬의 면모를 의젓하게 갖추고 있었다.

뙤약볕에 모래알들이 튀어오르듯 반짝거렸다.

모래섬에서는 밤늦게까지 칸델라 불빛이 반짝거리고 있었다고, 그리고 갑자기 폭우가 쏟아졌노라고 주민들은 입을 모아 증언했다.

왠 아저씨가 낚시를 왔다. 그는 허리 넘게 차는 물을 서너 차례 오가며 짐을 날랐다. 물가에서 그는 한 소년에게 담배 심부름을 시키고 거스름돈을 주었다.

다음 날 아침, 냇물에 쳐둔 그물이 걱정되어 일찍 나온 아이는 덤불에 걸린 옷가지를 보았다. 분명히 그 전날 저녁 그 아저씨가 입고 있던 점퍼였다. …하동(河童)들은 이미 마을 사람들과 순경에게 몇 차례나 했을 말을 정옥에게도 또박또박 되풀이했다.

"그 아저씨는요, 저녁때까지 피라미 한 마리도 못 잡았어요. 여기선 물살이 세서 낚시가 안 된다고 해도 그냥 웃고 말데요."

다음 날 한 청년은 배를 타고 강을 따라 내려가 하구의 바위에 걸려 맴도는 접는 의자를, 떠내려가는 바구니를 건졌다.

"우산도 쓸 수 없는 사나운 비바람이었지요, 밤늦게 돌아오는데 냇가운데 섬에서 불빛이 보이더군요."

누군가 또 증언했다. 마을 사람들이 낚시꾼을 찾기 위해 긴 장대를 들고 배를 내어 강의 하류까지 갔었다고 했다.

긴 둥글게 솟은 사구(沙丘)에서는 아무런 흔적도 찾을 수 없었다.

　정옥은 순경이 내미는 몇 가지의 서류에 손도장을 찍고 그의 물건들을 건네받았다.

　“대학에 나가시더군요.”

　“네.”

　“자주 이렇게 혼자 집을 떠나십니까?”

　“방학이 일찍 시작됐고… 또 낚시에 취미가 있어서요.”

　“하긴 대학에 나가신다니 방학이 아니라도 시간은 자유롭겠군요. 하지만 여긴 P시에서 꽤 떨어진 곳이고 또 그다지 알려진 낚시터가 있는 곳도 아닌데…”

　순경은 분명 어느 뜨거운 여름날 이곳을 찾아든 낯선 사내에게, 사내의 사라짐에 어떤 의미를 캐내려 하고 있었다. 정옥은 순간 아무 말이나 되는대로 마구 떠들어대고 싶은 발작적인 충동에 사로잡혔다. 말의 홍수가 쏟아져나오려고 목구멍이 근질거렸다.

　그는 지방 대학의 강사이고 우리는 결혼한 지 다섯 해가 되었지요. 어느 날부터인가 그에게는 모든 것이 금지되었어요. 아무런 권리도 의무도 없는 금치산자가 된 거예요. 게다가 매독 환자처럼 정기적인 검진을 받아야 한답니다. 낮잠 속에서의, 긴 꿈속의 여행이 허락될 뿐이지요. 그래서 그는 언제나 잔답니다. 입을 벌리고 자는 모습을 보면 꼭 죽어 있는 것 같아 놀라 흔들어 깨우기도 여러 번이었지요.

그러나 정옥은 이 모든 말들을 여느 때 그러하듯 가슴 깊이 밀어넣으며 물었다.

"혹시 하눌재 신들내가 어딘지 아세요?"

순경은 잠깐 생각하는 표정이더니 곧 고개를 흔들었다.

"전혀 들어본 적이 없어요, 이 부근엔 그런 지명이 없는 줄 압니다."

이 부근이 아니라도 하눌재 신들내라니, 그곳이 어디엔들 있을까. 정옥은 그가 떠난 뒤 지도를 샅샅이 뒤졌다. 시, 읍, 면 단위의 세부도까지 구해 한곳도 빠짐없이 찾아보았으나 하눌재 신들내는 어디에도 없었다. 으레 그럴 것이라는 짐작이 있던 터라 놀라움은 없었다.

그에게서는 그 지명을 들었을 때의, 새벽의 푸르름 때문일까. 정옥은 손댈 곳 없이 깎아지른 벼랑, 그 위의 한번도 열어보인 적이 없는 벽공(碧空), 열목어가 붉게 달아오른 눈을 식히기 위해 차갑고 시린 물을 찾아 모여든다는 벽곡(僻谷)을 생각했었다.

회 다지는 발이 빨라지고, 매김 소리도 받는 소리도 급해져 자진가락이 된다. 구덩이 속에서 맴돌던 인부들은 움파 솟아오르듯 쑥쑥 자라난다. 아낌없이 회를 써서 단단히 다진다. 보이는건 이제 정강이까지 올라와 춤추며 돌아가는 인부들뿐이다. 상제들은 햇빛에 쫓겨 차일 속으로 숨어들어간 것이다.

그는 냇가에 앉아 신을 벗고 물집이 허옇게 잡힌 발을 물속에 넣는다. 깜짝 놀라게 시원하다. 그는 허리를 굽혀 물 아래 형형색색의 돌을 본다. 돌보다 먼저 자신의 모습이 비친다. 돌의 빛깔은 물 아래에서 물과 함께 흐른다.

그는 물살을 헤저어 자신의 모습을 깨뜨리고 돌을 줍는다. 더러는 눕고 더러는 서 있는 둥글게 닳은 돌들. 돌을 물에서 건져올리면 빛이 죽는다. …예쁜 꽃무늬의 옷을 입은 도마뱀은 꼬마 쥐에게 말했습니다. 보름달이 떠오를 때 조약돌을 가져오렴. 꼭 보랏빛 조약돌이라야 해, 그러면 소원을 이루어주마… 그러나 꼬마 쥐가 아무리 애를 써도 보랏빛 조약돌은 찾을 수가 없었습니다…

그는 몽롱한 낮잠 속에서, 아이에게 동화를 읽어주는 아내의 단조롭고 기계적인 목소리를 듣고 있었다. 그러면서 그는 생각했다. 보랏빛 조약돌이라니, 보석도 아닌 돌이 보랏빛이라면 얼마나 예쁘고 신기할까… 그래서! 그래서 어떻게 됐지? 아이는 엄마가 읽는 것을 채 기다리지 못하고 무릎을 흔들어대며 다그쳐 물었다. 벌써 여러 차례 되풀이 읽는 듯 아내는 좀 성의없이 무관심하게 읽고 있었다. …그래서 그 조그만 쥐는 보랏빛 조약돌을 찾았을까, 그는 끝까지 다 듣지 못하고 혼곤히 잠속으로 빠져들었다. 물론 작은 쥐는 자신의 몸으로는 쉽게 감당할 수 없는 모험과 희생, 시련을 겪은 뒤 보랏빛 조약돌을 얻어 소원을 이루었을 것이다. 그것이 동화의 정석이기 때문이다.

그는 물에서 건진 돌멩이들을 차례로 늘어놓는다. 하얗게 물기가 마르자 그것들은 금시 평범한, 특징 없는 돌멩이로 변해 버린다.

P시의 집 뜰에는 나무 뿌리와 쉽게 구별이 되지 않는 모양의 돌이 있다. 언젠가 낚싯길에서 들고 온 이래 마당의 그늘진 구석에 방치된 채 음습하게 이끼를 입어가고 있다. 아이는 그 돌이 밤마다 조금씩 자라고 있다고 생각한다. 녀석의 머리는 마술에 관한 얘기로 가득 차 있다. 땅속에 깊이 묻힌 사람도 수리수리마수리 몇 마디의 주문으로 죽음을 이기고 나온다고 믿고 있다. 무심히 흘려버렸던 아이의 작은 몸짓 표정 따위가 그의 가슴을 비통하게 쑤셨다. 안개를 피우는군. 당신은… 시인인가. 그들은 비웃는 투로 말했

다. 그에 관한 한 그들은 참으로 적절하지 못한 무기를 발견한 것이다. 그는 자신이 시인이기보다 상식의 옹호자이기를 바랐기 때문이었다.

그는 늘어놓았던 돌멩이들을 다시 냇물에 던져넣는다. 냇물의 가운데 솟은 큰 바위에 부딪혀 푸르게 석화(石火)가 피며 미미하게 흰 자국이 남는다. 마지막 돌멩이를 팽그르르 물 속으로 차 던지며 그는 일어난다. 해가 퍽 많이 기울어 있다. 부지런히 걷는다면 저물 때까지는 저수지에 도착할 수 있을 것이다. 그리고 저수지를 찾아 줄곧 걷노라면 해가 거대한 불덩어리가 되어 지평선 아래로 거짓말처럼 떨어져 내리는 것을, 이윽고 밤이 오는 것을 보게 될 것이다.

성급히 퍼올린 흙으로 금시 둥그런 봉분이 새로이 돋아났다. 다앙, 다앙, 다앙, 징소리, 바라 소리는 한결 확실히 다급하게 들려왔다.

고작 이십 분도 못 되는 참이었을 것이다. 전에 없이 아이의 낮잠이 길었다. 땀을 흘리며 자고 있는 아이의 드러난 배에 타월을 덮어주며 정옥은 퍼뜩 겨울 지나면서 맡겨둔 세탁물을 아직껏 찾아오지 않았다는 생각이 떠올랐다. 여름이 가기 전에 그의 가을옷들을 준비해야 할 것 같았다.

정옥은 현관문과 대문을 잠그고 열쇠를 편지함에 떨어뜨려 넣은 후 세탁소로 뛰었다.

세탁물을 찾아들고 역시 단숨에 뛰어온 정옥은 잠깐 담장 밖에 서서 아이의 울음 소리가 들리는가 귀를 기울였다. 집 안은 조금 전과 마찬가지로 조용했다. 막상 이상하다는 느낌이 든 것은 편지함에 손을 넣어 열쇠를 꺼낼 때였다. 열쇠는 여전히 그 자리에 있었건만 무언가 조금 전과는 다르다는 느낌이었다. 딱히 설명할 수 없는, 그러나 아주 익숙한 감각이 손등을 스치는 듯했다. 정옥은 열쇠를 꺼내어 자세히 살펴보았다. 사자머리가 조잡하게 양각된 열쇠에서는 뒤틀리거나 긁힌 자국 따위나 알아볼 수 있는 어떤 흔적도 없었다.

잠긴 현관문을 열고 들어서면서부터 누군가 들어와 있다는 느낌은 더욱 심해졌다. 문이 열려 있거나 신발들이 흐트러져 있는 것도 아니었다. 달라진 것은 아무것도 없었다. 아이는 배를 덮은 수건을 차던지고 여전히 팔 벌리고 잠들어 있었다. 집 안을 한 바퀴 휘둘러본 후에야 정옥은 비로소 알 수 있었다. 그것은 집 안에 희미하게 떠도는 담배 냄새였다.

정옥은 그때까지 들고 있던 세탁물 봉투를 팽개치고 부

엌으로 뛰어들어갔다. 그가 집을 떠난 뒤 정옥은 그를 생각할 때면 늘 그의 허기가 떠오르는 이유를 알 수 없었다. 컵에 마시고 남은 물이 조금 담겨 있을 뿐 아무것에도 그의 손이 닿았던 흔적은 없었다.

다만 목욕탕 바구니에 낯익은 그의 옷가지들이, 주인은 지금 목욕이라도 하고 있는 양 꿍쳐져 있을 뿐이었다.

어디 있어요, 어디 있어요, 그가 없다는 것을 알면서도 정옥은 남의 귀를 경계하듯 소곤거려 불렀다. 그예 전화의 송수화기를 집어들어 귀에 대었다. 윙 작동음만 끊임없이 귓바퀴에 맴돌았다. 정옥은 기실 무엇을 찾아내고자 함인지 자신도 모르면서 재떨이 속의, 아직도 침이 묻어 있는 두 개의 담배 꽁초를 들고 노련한 수사관처럼 용의주도하게 살피었다.

빨래를 하기 전에는 으레 그러하듯 정옥은 그가 벗어놓고 간 옷가지의 주머니를 뒤졌다. 옷에는 그가 다닌 숱한 곳의 냄새, 정옥이 결코 가본 적이 없는 곳의 바람과 햇빛, 이슬, 스쳐간 사람들의 냄새, 불안한 행려(行旅)의 냄새가 배 있었다.

주머니에서는 찍힌 도장의 날짜를 알아보기 어려운 구겨진 극장표, 유원지의 입장권, 때묻은 손수건, 담배 가루 따위가 묻어 나왔다. 있을 법한 메모 한 장 남기지 않았다.

혼곤히 잠든 아이의 뺨에 남아 있는 분명한 그의 입맞춤을 보았을 때 정옥은 더 이상의 추리와 탐색이 부질없는 짓임을 깨달았다.

그는 아주 가버린 것이다. 하룻밤의 폭우로 감쪽같이 사라져버린 사구에 그의 껍질만을 남기고 숨어버렸듯 옷만 갈아입고는 사라져버린 것이다. 고작 이십 분 정도의 시간이지만 그 어느 긴 시간보다도 멀리 갈 수 있는 시간이기도 했다.

정옥은 잠든 아이의 뺨에 입술을 대었다. 아이는 성가신 듯 몇 번 눈등을 비비고 뒤척이다 돌아누워 다시 잠이 들었다.

붉은 흙더미 위로 떼가 얹히고 있었다. 어머니는 이 모든 과정을 모조리 눈 안에 담아두려는 듯 눈도 깜박이지 않고 지켜보았다. 흙이 묻거나 구겨질 것을 염려한 듯 원피스 자락이 무릎 위까지 걷어올려지고 한때 풀밭 위에서 풀잎보다 더 싱싱하고 자랑스러웠을 다리는 시들고 퉁퉁해져 희미한 정맥류의 현상을 보이며 풀밭 위에 던지듯 놓여 있었다.

둥그렇게 담장을 두른 가족묘의 석물 뒤에서 아이가 나타났다. 아이는 달려와 정옥의 무릎에 비스듬히 기대앉았다.

정옥은 땀으로 이마 위에 달라붙어 있는 머리칼을 쓸어 젖히고 아이의 눈을 들여다보았다.

정옥이 아이에게서 남편을 느끼는 것은 바로 그 눈을 볼 때였다. 그리고 그 눈에서 한 번도 본 적이 없는, 누렇게 바랜 사진 속 시부(媤父)의 찌르는 듯한 안광을 보았다. 외가를 닮은 둥근 턱에도 불구하고 아이는 그 눈 때문에 아이답지 않게 어딘가 날이 선 인상을 주곤했다. 한데 뒤섞여 몰려오는 수천의 아이들 가운데서도 단박 가려낼 수 있는 작은 얼굴. 그러나 그 특성은 곧 사라질 것이다. 자라서 이성의 여자와 몸을 섞어 아이를 낳으면 조부로부터 부친에게 이어지던 특징은 점차 마모되고 희미해질 것이다. 이윽고 낯선 얼굴들. 정옥은 남편의 성을 받아 태어날 미래의 아이들의 얼굴을 모른다. 오래 전 땅속에 묻힌 사람들을 알 수 없듯이.

봉분의 떼가 다 입혀지고 그 앞에 간단한 제상이 차려지자 상제들이 차일 밖으로 나왔다. 발 밑의 참외 껍질에는 어느새 쉬파리떼가 새카맣게 달라붙어 윙윙거렸다.

정옥은 어머니의 얼굴을 가만히 바라보았다. 언젠가 그녀 자신도 이곳에서 한잔 술 가득 부어 올리고 한 장의 소

 작가와 함께 대화로 읽는 소설 「별사」

지(燒紙)로써 어머니와 작별의 의식을 치르게 될 것이다.

검은 연기가 피어올랐다. 빈 관을 태우는 것이다. 어머니는 한숨을 내쉬었다.

젖은 바람이 불었다. 하늘 한쪽으로 먹장구름이 몰리며 해를 가렸다.

장례를 마친 사람들은 분명 한바탕 쏟아질 소나기를 우려하듯 하늘을 올려다보고는 서둘러 차일을 걷고 돗자리를 말고 제기를 꾸렸다.

아직도 타고 있는 관을 인부들이 둘러서서 막대로 쑤석이며 불꽃을 일으키고 있었다.

산을 내려가는 사람들의 희고 검은 모습들이 봉분들 사이로 들쭉날쭉 부지런히 움직여갔다.

손보지 않은 묘지의 길게 자란 풀들이 젖은 바람에 거칠고 성성히 일어서고 있었다. 회색의 공간에 검은 풀빛이 요기롭게 흔들렸다.

갑자기 낮아진 기압 때문인가, 산의 등성이마다, 감춰진 골짜기마다에서 피어오르듯 날개를 털며 새떼가 자욱이 날아올랐다. 갑자기 묘지를 뒤엎으며 나타난 까치떼는 서로 부르고 응답하며 나지막이 선회했다.

묘석마다 올라앉아 움직이지 않는 새의 모습에 정옥은

비로소 살갗이 굳는 듯한 두려움을 느꼈다.

엄청난 새떼에 놀란 아이는 잔뜩 겁에 질린 표정으로 정옥의 팔을 단단히 잡고 놓지 않았다.

길 아래에서는 사람들을 다 태운 영구차가 요란스레 시동을 걸고 있었다.

"이제 가자."

어머니의 말에 정옥은 말없이 아이에게 신을 신기고 참외 껍질과 달걀 껍질 따위를 신문지에 꾸려 빈 병과 함께 구럭에 넣었다. 자신들이 떠난 뒤 빈자리에 남을 흔적이 싫기도 했지만 다음에 왔을 때, 이 흔적에서 분명 지금의 이 시간들을 되살리려는 헛된 노력을 하게 될 것이 끔찍하게 생각되었기 때문이었다.

"오늘 내려가야겠니?"

"그래야겠어요."

딱히 그럴 작정은 아니었지만 정옥은 불쑥 대답했다. 막상 대답을 하고 보니 갑자기 P시의 빈집에서 뭔가 긴한 일이 기다리고 있는 듯, 고작 하루를 떠나 있었을 뿐인데도 굉장히 오랫동안 비워두었던 듯 갈 일이 바쁘게 생각되었다. P시까지는 버스로 세 시간의 거리였다.

"이쪽으로도 길이 있을 걸, 지름길일 텐데."

어머니는 정옥이네들이 올라온 길과 반대쪽 등성이를 가리켰다. 방금 사람들이 떠난, 갓 생긴 무덤 앞으로 난 길이었다.

하늘은 더욱 어두워졌다. 내려가는 길은 가팔랐다. 정옥은 아이를 들쳐업었다. 구름은 점차 두꺼워지며 머리 위로 몰리는 중이었다.

산을 내려올수록 징소리는 한결 가까워졌다.

"아무래도 한 소나기 할라나보다."

어머니는 그때까지 쓰고 있던 양산을 접었다. 매장을 끝낸 묘지 앞을 지날 때 제사지낸 음식을 먹고 있던 인부들이 눈을 치떠 정옥네를 바라보았다. 술에 취한 듯 붉은 눈으로 고개를 돌려 안 보일 때까지 뒤쫓았다.

산을 두 굽이 돌아 내려오자 산자락 끝에 갑자기 절이 나타났다. 삼색의 단청빛이 묻어날 듯 갓 단장한 절이었다. 명부전 현판이 붙은 어두운 불당에서는 끊임없이 징소리와 북소리가 들렸다. 산에서부터 줄곧 듣던 소리였다.

"재가 들었나부다."

어머니가 정옥의 귓가에 대고 낮게 소곤거렸다.

절마당에 들어서는 것과 동시에 후드득, 굵은 빗방울이 듣기 시작했다. 무쇠솥이 걸린 마당 아궁이의 솔가지 때는 매운 연기가 나직이 깔리고 있었다.

그네들이 마당으로 들어서자, 별채에 있던 부엌에서 승복을 입고 머리를 짧게 파마한 여자가 비죽 고개를 내밀었다. 목에 염주를 길게 늘인 그 초로의 여자는 보살 같기도 하고 무당 같기도 했다.

"재가 들었나부죠?"

처마 밑으로 바짝 들어선 어머니가 툇마루에 걸터앉으며 친근하게 물었다.

열린 방문으로, 지난 초파일에 썼던 것인 듯 천장 가득 매달린 색색의 연등이 보였다.

"백중재라오."

불공을 드릴 손님인가, 단골 시줏댁인가, 탐색하던 여자가 시큰둥하게 대답했다.

"아, 오늘이 칠월 보름이구나."

그리고 어머니는 나란히 마루 끝에 앉은 정옥을 돌아보며 깜짝 놀란 듯 크게 말했다.

"갈 땐 달을 보겠네."

빗줄기는 제법 세차졌다. 처마 밑 땅바닥에 낙수로 작은 홈을 파며 빗줄기는 튀어올랐다.

사랑이었나? 빗속을 뚫고 더욱 낭랑히 들려오는 독경 소리와 징소리를 들으며 정옥은 멍하니 생각했다. 무엇이 자신으로 하여금 이곳으로 이끌었을까.

정옥은 시계를 보았다. P시에 닿을 무렵이면 밤이 꽤 이슥할 것이다. 그때쯤 비가 걷혀 달이 뜰까.

"달을 보겠네."

어머니가 또 말했다. 정옥은 헛들은 게 아닌가 하고 어머니를 돌아보았다. 어머니는 무심히 비 오는 마당을 보고 있었다.

빗속에서도 향내가 희미하게 풍겼다. 칠월 보름, 백중인 것이다. 우란분재, 망자(亡者)의 날. 밤은 밝아 만월. 정옥은 잠든 아이 등에 업고 이미 추억으로 떠오르는 P시의 가파르고 어두운 길을 가게 되리라.

삶의 여로에서 죽음을 묻다

삶의 여로에서 죽음을 묻다

이태동 오정희 씨는 우리 시대에 가장 우수한 단편 작가 중 한사람으로서 저는 선생님의 글을 언제나 즐겨 읽곤 합니다. 오늘 이렇게 「별사」와 관련해 이야기를 주고받는 시간을 마련하게 되어 반갑습니다. 우선 작품을 창작하게 된 여러 동기들이 궁금합니다.

오정희 사실 이 자리를 빌어 밝히고 싶은 것이 저는 이 작품에 나타난 남편의 죽음을 '상상속의 죽음'이라고 생각하고 썼다는 점입니다. 대부분 평론가들이 남편의 죽음을 기정사실화해서 평론을 하셨던데, 저의 애매모호한 서술이 독자들이나 평론가에게 혼동을 가져다주지 않았나 하는 것이 항상 마음에 걸렸었습니다.

　「별사」는 젊은 시절에 발표한, 시간이 제법 지나간 작품인데요. 작품을 쓸 당시에는 새롭게 무언가를 써보겠노라, 모든 경계를 허물어보겠다는 포부를 가지고 삶과 죽음, 현실과 환상을 다뤘습니다. 그런데 소설기법상 미숙한 점이 많아서 그 메세지를 전달하는데 있어 좀 미숙하지 않았나 하는 생각이 들어요.

당시 저는 30대 중반의 한 여성으로서 이쪽에도 속하지 못하고 저쪽에 속하지도 못하고 또한 이미 많이 지나왔지만 앞길은 보이지 않고, 또 어딘가로 삶을 살아가야 한다는 자의식에 깊이 빠져 있었습니다. 또 이런 의식들이 맞물려 작용하면서 특정 욕망을 불러일으킬 수 있다는 것을 작품을 통해 이야기하고 싶었습니다. 즉 사회적인 환경과 개인적으로 실존적인 것들이 맞물려 들어가「별사」라는 작품을 낳게 된 것입니다.

때문에 이런 측면에서 보면 남편의 생사유무는 그렇게 중요하지 않다고 볼 수도 있는데 궁극적으로 저는 사회적 압력이랄까, 삶을 애워 싼 여러 조건들이 사랑으로 맺어진 부부사이에 불쑥 들어왔을 때 그것이 일으키는 의식의 흐름을 기술하고 싶었어요.

이태동 그러나 독자들은 작품에 나타난 현실을 바탕으로 책을 읽으니까요. 그 작품을 보고나서 남편의 죽음을 궁금해 하지 않을까 싶습니다. 작품의 제목 「별사」부터가 죽음의 이미지가 풍기기 때문에, 죽음을 배재하고 작품의 창작 동기만으로 작품을 설명하기란 한계가 있지 않은가 싶습니다.

오정희 실제로 저의 남편 역시 시대의 흐름에 휘말려 한동안 아무것도 못하고 낚시만 다니던 시절이 있었습니다. 자세한 이야기는 뒤에 하기로 하지요. 당시에 저는 그런 남편의 모습을 지켜보면서 아무것도 할 수가 없었고, 그래서 옆에 어린 아들을 두고 현실 상황을 불안해하면서 이 글을 썼죠.

누구나 그렇겠지만 죽음이 항상 문밖에 와 있는 것처럼 그것을 아주 가깝게 느끼는 순간이 있지 않아요?

사실 그 나이에 생각하는 죽음이라는 것은 어찌 보면 관념에 불과한 것일 수 있지만, 죽음이라는 것만큼 다루기 어렵지만, 그만큼 극적인 소재도 없는 것 같아요. 그 당시 제가 빠져들었던 불안, 그리고 남편의 부재라는 상황은 항상 우리는 이별하며 살고 있다는 생각을 무의식적으로 심어 줬던 것 같습니다.

이태동 평론가 김치수 씨는 작품「별사」를 창작집『유년의 뜰』의 연작소설로 쓰지 않았나 하는 점을 지적한 바 있습니다. 김치수 씨의 지적처럼「별사」는「유년의 뜰」의 연작소설 형태를 띤 작품인가요. 아니면 독립된 작품으로 훗날 다른 작품과 함께 엮은 것입니까?

예를 들어 아일랜드 작가 제임스 조이스의『더블린 사람들』은 1인칭 화자가 아니라 3인칭 화자로 전개되는 단편을 모은 것입니다. 제가 이 질문을 드리는 것은 작가 오정희 씨가 장편소설을 쓰시지 않기 때문에 뛰어난 단편작가로만 평가받고 있는 것이 무척 아쉽기 때문입니다.

오정희 솔직히 말씀드리면 저는 매 작품을 쓸 때마다 한 번도 이 작품을 완결했다고 생각한 적이 없습니다. 이것을 좀 더 깊게 넓혀서 작품을 키우고 싶었습니다. 항상 제 작품이 미진하다고 생각한거죠. 때문에 '이걸 다시 써야지' 하는 생각을 했더랬죠.

항상 작품을 쓸 때는 누가 제 손에서 작품을 뺏어가야지만 놓게 되지, 제 스스로 만족해서 '이만큼이면 됐다' 하고 내놓질 못했어요. 작품을 다르게 쓰고 좀더 보충해서 키워서 쓰겠다는 욕심과 포부와 여러 계획들이 너무 많아서 늘 반도 못 하고 끝내버리는 것이죠. 쓰는 속도가 하도 더디

기도 하고 갈팡질팡하다가 진이 빠지기도 하고 그래서 작품들마다 이걸로 끝이라는 생각이 아니라 일단 시간이 급하니까 먼저 발표하고 나중에 다르게 고쳐봐야지란 마음으로 발표했었습니다. 제 작품은 계획대로라면 다 중편 이상이 되어야 하는데, 하나도 계획대로 이루어진 것이 없어요.

이 작품은 제 첫 창작집『불의 강』에 이어 1981년에 출간한 두 번째 창작집『유년의 뜰』에 수록된 여덟 편의 단편소설들 중의 하나인데 이 작품집은 작품들의 발표시기 순서를 따르지 않고 주인공들의 나이에 따라 배열하는 편집 방식을 택하였습니다.

저로서는 연작을 염두에 두고 쓴 소설들은 아닙니다. 쓰다 보니 주인공들이 모두 여성들이고 저와 함께 나이 먹어간다는 데에 착안하여, 발표순이 아닌 나이순으로 배열하면 어린아이로부터 초로에 이르는 여인의 생애가 자연스레 펼쳐지지 않겠는가 하는 편집진의 아이디어가 재미있고 한 여성이 살아온 역사적 사회적 현실이나 여성으로 살아가는 내밀한 의미의 천착도 되리라는 생각에서 그러한 방식에 동의한 것입니다.

편집진 측에서는 아마 독자들이 연작형태로 보아주기를 바라는 의도도 있으리라 봅니다. 그러나 한편 생각하면, 비

약이긴 합니다만 한 작가가 일생 동안 쓰는 모든 작품들은 넓은 의미의 연작일 수밖에 없지 않을까요?

장편소설을 쓰지 않는(못쓰는)데 대한 아쉬움은 누구보다도 제자신이 크겠지요. 아직 장편을 한편도 생산해내지 못하고 있는 것은 단편만을 고집한다거나 특별한 문학관 때문은 결코 아닙니다.

이태동 전통적인 소설이론에 의하면 소설의 전개는 작중 인물들 사이에서 일어나는 갈등관계로 전개됩니다. 그러나 「별사」의 전개는 다양한 이미지와 주인공인 정옥이 아이를 등에 업고 묘원으로 가는 길을 중심으로 그 주변의 풍경이 불러 일으킨 '회상' 이라는 내면적 대화로 이루어지고 있습니다. 이것은 연로한 어머니와 함께 묘원으로 가는 정옥의 행여(行旅) 그 자체가 죽음으로 가는 시간과 공간적인 움직임, 즉 생의 여정을 나타내고 있기 때문인가요? 혹시 '의식의 흐름' 기법의 사용 때문입니까, 다른 전통적인 한국 소설미학과 관계가 있는 것입니까, 아니면 작가 스스로 창안한 방법입니까?

오정희 우리의 하루하루가 죽음으로 가는 발걸음이라는 인식에서, 어머니와의 묘원행을 일상생활의 연장으로 보여지도록 화자들의 어조와 분위기를 많이 낮추고 예사롭게 하는 데 주력했습니다.

이 교수님의 분석대로, 평범하게 흘러가는 나날 중의 하루를 택하여 묘원으로 가는 상황을 설정함으로써 죽음으로 가는 시간과 공간적 움직임, 즉 생의 여정을 나타내려고 한 것입니다.

저는 이 소설에서 현실과 환상, 삶과 죽음 등 대립적이거나 이원적으로 구분되어지는 것들의 경계를 지우려 애썼던 것 같습니다. 하루 동안의 행려에서 닿아오는 정경과 감각들은 집요하게 정옥을 짓누르고 있는 죽음에의 상념이나 불안의 수위를 점차 높이며 단단해집니다. 물론 문청시절 충격적으로 받아들이고 깊이 영향 받은 '의식의 흐름' 기법을 시도해보기도 하였지요.

앞서 말씀드렸다시피 삶과 죽음, 현실과 환상의 경계를 지우는 효과적이고 유일한 방식은 '의식의 흐름' 밖에는 없다고 생각했고 우리가 생명과 더불어 죽음을 가지고 세상에 나왔듯이 환상 또한 현실의 한 부분, 쌍생아로 품어야 한다고 생각했던 것입니다. 제가 처음 읽은 '의식의 흐름' 기법을 사용한 소설은 윌리엄 포크너의 「음향과 분노」였지요. 저는 이 작품들을 읽고 '아 소설에 이런 기법들이 있구나' 하며 대단한 충격을 받았어요.

리얼리즘적인 입장에서 보면 그렇게 무책임 할 수가 없잖아요. 어떤 주체도 없이 의식 속에서만 특정의 것들이 전개된다는 점에서 큰 충격을 받았습니다. 그래서 소설이 꼭 기승전결을 따르지 않아도 다른 기법이 있다는 걸 깨달았는데 「별사」를 쓰기 시작할 무렵에는 뭔가 새로운 방법을 시도하고 싶었어요.

잘 짜여진, 확실한 이야기를 띤 구조가 획일적이고 답답하게 느껴졌거든요. 소설 속에서는 좀 더 자유로워도 되지 않을까, 소설 속에서는 모든 것이 가능하다는 마음으로 작품을 썼어요.

이를테면 이승과 저승, 현실과 환상을 교차시킨 것이 그렇고… 사실 태중의 태아의 시점에서 이야기를 쓰고도 싶었어요. 우리가 뭔가 알 수 없는 것들을 상상력 속에 끌어들였을 때 새로운 길을 낼 수 있지 않을까요?

「별사」를 쓸 때도 아내의 의식 속에 들어온 남편과, 남편의 의식 속에 들어온 아내가 서로의 의식 속에서 교차되는 의식의 흐름을 맘껏 시도해 보고 싶었습니다. 하지만 그러기에는 작품의 분량도 짧고, 미처 시도하지 못하고 끝내고 말았죠. 약간 시도를 한다고 했는데 전달이 되지 못한 점은 아쉽습니다.

이태동 이 작품의 주제와 의미는 작중인물의 움직임을 통해서 구체화되기보다는 이미지와 메타포 그리고 회상을 통해 간접적으로 제시되고 있습니다. 이러한 방법으로 소설을 쓰는 것은 시 창작과도 유사한데, 오정희 씨가 이러한 방법으로 작품을 쓰시는 것은 단편이라는 짧은 소설 공간 때문입니까? 아니면 말을 하지 않거나 절제함으로서 얻어지는 시적효과를 통해 감상적인 감정의 늪에 빠지는 것을 경계하기 위함인가요?

오정희 제가 이러한 방법을 갖추게 된 것을 간단하게 말하면 유년시절 문학수업의 영향 때문이 아닌가 생각합니다.

저의 문학수업은 초등학교 5, 6학년 무렵부터 읽어댄 '주옥같은' 한국 단편소설들로부터 시작되었던 것 같습니다. 집에는 대학생 오빠가 보는 『사상계』 『현대문학』같은 잡지들이 많아서 그 책들에 실린 소설들을 읽었지요. 예민하고 무엇이든 그대로 받아들이던 나이였던지라 그것이 좋은 문학인가 아닌가를 가리고 판단할 여지도 없이 마냥 재미있게 읽으면서 그 짜임새와 문장과 스토리, 구사되는 어휘들이 통째로 제 안에 들어왔던 것 같습니다.

그러한 실제 작품들을 통한 배움과 후에 서라벌예대에 진학하여 가르침을 받은 김동리 선생님의 영향이, 직접적인 표현법이나 어떤 소재나 주제를 날것인 상태로 드러내는 것을 죄악시하게끔 만들지 않았나 싶습니다.

숨길 수 있는 데까지 숨길 것, 은유여야 한다는 것. 기존의 표현법과는 다른 방식을 시도해볼 것, 일상 언어와 문학 언어의 구분. 절제의 미학 등등이 이 소설을 쓸 때의 제 메모첩에 적힌 지침이었습니다. 어쩌면 소설이라기보다 독자를 상대로 고도의 퍼즐게임을 벌이고 싶었던 젊은 시절의 패기였을지도 모르겠습니다.

'아 소설은 이런 것이구나' 라는 생각이 들기 시작하면서 소설 속에는 '밥 먹었니' '어디 갔니' 이런 일상어는 들어가서는 안 되는 것인줄 알았어요. 모든 단어와 말이 아주 특별한 의미를 가져야 한다고 생각했고, 일상어는 조금도 들어가면 안 된다는 생각을 했고, 일상어처럼 보여도 그것이 굉장한 문학적 의미를 가져야 한다고 생각했습니다. 제가 장편을 쉽게 쓰지 못하는 것도 그런 이유도 있어요. 말을 집어넣고 이야기를 만들어야 한다는 것이 제게는 참 어려워요.

저 스스로는 시를 써본 적은 없고, 시에 대한 것들은 아주 무딥니다. 읽기는 좋아해도 쓸 엄두는 못 내고 있어요. '시적 문체'라는 말이 그다지 칭찬은 아니구나 생각을 하면서도 포기를 못하는 것이, 어린 시절부터 형성된 소설관을 바꾸기가 쉽지가 않기 때문이죠. 산문집에도 쓴 적이 있지만 이제는 소설가라는 카테고리에서 벗어나 '정말 좋은 문장'을 쓰고 싶은 사람으로 남고 싶습니다. 좋은 문장이 주는 쾌감, 독자들에게 그 쾌감을 안겨주는 좋은 문장가가 되고 싶어요.

이태동 제가 해설과 머리말에서 밝혔지만 이 작품의 언어는 버지니아 울프의 그것처럼 산문시와도 같습니다. 여기서 사용된 언어와 풍경묘사는 '낯설게 하기' 즉 진부한 것을 새롭게 하는 것처럼 다층적인 의미를 실어다 주기 때문입니다.

소설가 김훈 씨가 '독자를 학대'할 만큼 언어를 끌질하기 위해 많은 시간을 소비한다 하지만 오정희 씨도 그와 못지 않을 것으로 생각됩니다. 「별사」의 언어를 산문시로 만들기 위해서 얼마나 많은 시간을 보내며 각고의 노력을 보내셨습니까?

오정희 문장을 쓴다는 것은 결국 '한 문장, 한 문장과의 싸움'입니다. 저는 글을 쓸 때마다 난잡하지 않게 쓰려고 갖은 애를 씁니다. 난잡한 문장은 독자를 학대하는 것이죠. 정확한 문장, 아름답고 쉬운 문장을 쓰고 싶다는 생각을 늘 합니다. 하지만 그 쉽다는 것이 단순히 쉬운 것의 차원을 벗어나 난잡함을 배재하고자 노력합니다. 사실 쉽게 쓰는 게 더 고도의 기술이 아니겠어요.

소설뿐 아니라 다른 종류의 글을 쓸 때도 마치 굼벵이가 기어가는 것처럼 아주 천천히, 느릿느릿 씁니다. 한 문장 쓰고 한없이 창밖을 내다보기, 한 문장 쓰고 문득 생각난 듯 방걸레 훔치기, 한 문장 쓰고 냉장고 뒤져 군것질하기 등등… 쉽게 빨리 써지는 글을 신뢰할 수 없는 저로서는 이러한 망연함과 해찰 또한 문장에 대한 사색이라고 궁색한 변명을 합니다.

「별사」를 구상하는 데 두 달 정도, 쓰는데 한 달 이상 걸렸던 것으로 기억합니다. 마감에 쫓겨 채 퇴고의 과정을 거치지 못한 원고를 보내놓고는 '초고'상태의 원고를 보낸 듯한 참담함에 오래 시달렸습니다.

이태동 선생님의 작품경향을 제 관점에서 볼 때 리얼리즘은 아닙니다. 미학적이고 신비로운 세계를 탐색하고자 하는 경향이 많이 보이는데요, 리얼리즘을 지향하는 사람들은 이 작품을 두고 정옥 남편이 힘겨운 삶을 포기한 것을 정당화하고, 묘원의 슬픈 풍경만을 묘사하기 때문에 오정희 씨가 허무주의에 빠져 있다고 보는 경향이 있습니다. 이러한 비판에 대해 오정희 씨는 어떻게 생각하고 계신지요?

오정희 허무주의와는 좀 다르다고 생각합니다. 저는 허무주의자도 아니고 어떤 소설에서나 의식적으로 허무주의를 표방한 적은 없었던 것 같습니다. 저는 우리의 삶을, 혹은 눈을 가리운 장밋빛 커튼을 걷어내는 일 또는 일상에서 얼핏얼핏 보여지는 삶의 균열, 심연 등을 통해 우리 인생 속에 숨은 비의, 비밀, 진면목 등을 드러내고 싶었습니다. 그런 게 실제 있다면 말입니다.

이태동 오정희 씨는 작품의 경향과 색채로 보아 김동리 선생의 영향을 받았다고 생각합니다. 김동리 선생의 작품세계는 시각에 따라 다르게 나타날 수도 있겠지만, 그는 자신이 주장했던 것처럼 허무주의자라기보다는 생명주의자라고 보고 싶습니다. 남편은 낚시를 갔다가 여름소낙비로 불어난 강물에 빠져 죽었을지도 모르지만, 정옥의 아이가 비석 뒤에서 얼굴을 나타내어 보이는 것은 생명의 지속적인 현상을 확인하는 장면이라 여겨집니다. 또 엄마가 아이를 업고 달밤에 가파르고 어두운 길을 걸어 P시로 돌아가는 것은 생명을 부정하는 것이 아니라 긍정하는 것이 아닐까요?

오정희 그렇죠. 삶의 여러 가지 질곡은 당연히 있는 것이고, 그 와중에도 새로운 생명이 태어나면 우리는 항상 삶을 진행을 해나갈 수밖에 없어요. 죽음과 생명은 자웅동체이며 서로에 대해 원인이며 결과이고 인과관계의 가장 강렬하고 확실한 예이며 건강하고 자연스러운 순환이고 완성이기도 합니다. 죽음과 생명에 대한 대긍정이라는 면에서 저는 오히려 생명주의자라고 할 수 있겠습니다.

이태동 이 작품에서 여러 가지 이미지와 풍경이 일깨우는 기억이 정옥의 과거를 현재로 가져오는 것은 베르그송이 말하는 '지속된 시간(duration)'을 나타내고 있는 것 같습니다. 이것은 이 소설의 주제와 혹시 무슨 관계가 있습니까? 있다면 그것의 의미가 무엇인지 말씀해주십시오.

오정희 엄밀히 말하자면 존재는 시간에 의한, 시간이 빚어내는 어떤 상태, 상황이 아닐까 하는 생각을 해보았습니다. 시간이라는 불가항력에 의해 생성하고 소멸하고 부침할 수

밖에 없다는 것이 인간의 근원적인 슬픔이고 고독이라는 것을 말하고 싶기도 했습니다.

이태동 소설의 첫째 장에서 정옥이 친정집에 도착하자 마자 잡초를 뽑는 '알머리의 아버지'를 보는 순간 '뜰을 두른 울짱이 아득히 멀어지며 그 등 뒤로 투명하게 움직이는 어떤 모습' 보고 현기증을 느꼈다고 하는데, 그것은 무엇을 의미합니까?

오정희 그것은 죽음의 그림자를 상징하는 겁니다.

이태동 정옥은 왜 어머니와 함께 묘원으로 갔습니까? 부모가 묻힐 묘역을 알아두기 위해 단순히 어머니와 동행을 했습니까? 아니면 다른 의도가 있었습니까?

오정희 1978년 봄, 저는 서울 살림을 정리하여 남편의 직장이 있는 강원도 춘천으로 이주했습니다. 그 이태 후인 1980년 봄 광주사태가 일어났고 나라 전체가 흉흉한 불안과 소요의 소용돌이에 빠져들었습니다.

폭우가 잦았던 그 여름, 서명운동에 참여했던 젊은 교수인 남편은 감시자들을 피해 낚시질을 구실삼아 자주 여러 날씩 집을 비워 저는 어린 아들과 함께 집을 지키고 있었습니다. 군부독재의 폭압에 대한 갖가지 끔찍하고 무서운 소문들이 떠도는 날들에, 소식 없는 남편이 혹여 폭우에 무슨 변을 당하지나 않았는지, 불심검문으로 잡혀가지나 않았는지 하는 등의 불안감을 견디지 못해 불현듯 어린 아들을 들쳐 업고 서울로 달려오기도 했지요.

이 소설은 그러한 어느 날, 어머니와 김포의 장릉묘원을 찾아갔던 실제상황을 밑그림으로 하여 형상화 한 것입니다. 부모님은 당신들이 묻히실 묘자리의 위치를 자식인 제게 알려주고 싶었고 묘역의 관리가 잘되고 있는지를 알아볼 겸해서 그 나들이를 생각하셨던 것 같습니다.

소설의 배경으로 묘원을 설정한 것은 '죽음'이라는 주제를 좀 더 선명하게 부각시키려는 의도 때문이었던 것 같습니다. '너무 직접적인 방법으로 주제에 접근하는 것이 아닌가' 라는 망설임이 쓰는 동안 내내 따라다녔습니다. 소설의 주인공 '정옥'을 어머니의 묘원행에 동행하게끔 한 것은 바로 남편의 죽음에 대한 예감, 강박증이었을 것입니다.

이태동 정옥이 어머니와 함께 묘역으로 가는 길 위에서 먼지를 일으키며 지나가는 군인 행렬의 상징성은 무엇입니까. 왜 정옥은 군대 행렬이 지나가는 것을 보고 난 후 사라진 남편을 생각하게 되는 걸까요?

오정희 소설속의 정옥의 남편은 반체제적 인사로 드러나 있습니다. 소설 속에서는 분명히 드러나 있지 않지만 글을 쓸 당시의 사회적 상황이 군부독재 시대였던지라 저는 몇 군데 내비친 암시로, 정옥의 남편이 군부독재의 희생자임이 당연히 설명이 되었다고(80년대라는 시대에 대한, 작가와 독자 사이의 묵시적 이해) 생각했던 것 같습니다.

소설가로서의 치밀하지 못했던 점이 뒤늦게 보입니다. 그 당시의 분노와 불안과 두려움에 차 있는 사람들에게 군대와 군대의 모든 표지는 폭압의 상징이었습니다. 저는 그 사회적, 정치적 폭압이 개인의 생활과 내면을 어떻게 무너뜨리며 황폐하게 만드는지, 존재의 근간을 흔들리게 하는지를 말하고자 했습니다.

동시에 죽음과 고독과 소멸 등의 실존적 차원에서의 조건 속에 갇힐 수밖에 없는, 인간존재의 숙명을 겹쳐보이고자 했기에 이 소설에서 '쇠그물을 드리운 거대한 새'라든가 '죽은 녹빛의 행렬'을 군대를 가리키는 것만이 아닌 인간의 근원적 조건이라는 다의적 상징으로 사용한 것입니다.

이태동 묘원으로 가는 길 위의 먼지에는 아무런 상징적 의미가 없는 것인가요? 저에게는 어떤 의미가 있는 것으로 받아들여졌습니다만….

오정희 먼지에 대한 직접적인 상징성인 메마름, 불투명함, 석연치 않음, 죽음 등을 가리키고 있습니다. 먼지가 자욱하게 덮이면 생명력이 없어지지요. 먼지가 쌓이면 어떤 것이든 살아있지만 죽은 것 같은 느낌을 주지 않나요?

먼지를 뒤집어 쓴 식물을 주인공의 내면에 투사하면서 그와 대립되는 이미지로 '서릿발 같은 햇살'을 배치함으로써 내 안과 밖, 나의 욕망과 나를 지배하는 것처럼 상호 대비되는 주인공의 내면을 이야기하고자 했습니다.

또 작품에서 종종 '적의'라는 것이 등장하는데 그것 자체도 이 여자가 죽음이란 걸 어쩔 수 없다고 생각하면서도 거기에 대해서 정다움을 느끼기보다는 언뜻언뜻 불안해하는 것을 상징합니다.

이태동 정옥 일행이 목적지에 도착했을 때, '묘원 사무소'에서 직원들이 장기를 두고 있었는데, 그것은 무엇을 나타내고 있는 것인가요?

오정희 그것은 일상성, 현실성을 상징하는 장면이죠. 내가 어떤 정황에 처해있든 일상적인 타인의 생활은 영위되고 흘러간다는 것을 뜻합니다.

　정옥의 절망적이고 불안한 내면, 죽은 자들이 묻혀 있는 묘원의 풍경과 대비되는 평온한 일상과 현실을 드러내기 위함입니다. 파도가 밀려와 또 다른 파도를 뒤덮듯, 모든 것들은 '그럼에도 불구하고' 계속되며 흘러간다는….

이태동 남편이 낚시를 위해 찾아가려고 했던 '신들내 하늘재'는 무엇을 의미합니까? 왜 그는 '의식'처럼 새벽에 낚시를 떠났던 것일까요?

오정희 공간적이면서 시간적 의미를 갖는 지명입니다. 이상향이면서, 지상에서는 이룰 수 없는 소망이나 아름다움을 그러한 상징적 언어로 표현하고 싶었습니다. '의식처럼' 새벽에 낚시를 떠난다는 것은 정옥의 시각입니다. 남편의 바라는 바, 지향하는 세상이 가능하지 않다는 것을 정옥은 알기 때문에 '제의적 표현'을 쓴 것입니다.

　단순하게 지명을 춘천이라던지, 인천과 같은 고유지명을 그대로 써 버린다면 작품의미가 축소되어 버리기 때문에, 그리고 상상력에 제한을 받을까봐 지상에는 없는 곳의 지명을 창작했다고 봐야죠.

　남편이 새벽에 낚시를 떠난 이유는, 우리는 너무도 나약한 인간이지만, 그래도 마음 이면에는 뭔가 달라지고 싶고, 힘을 얻고 싶고 새로워지고 싶은 그런 것들, 스스로를 정화하고 싶은 의식이 내포되어 있다고 생각했기 때문입니다.

이태동 정옥의 사라진 남편을 금치산자로 낙오된 대학 강사로 설정한 이유는 무엇입니까?

오정희 소설 속에서 정옥의 남편은 시인이자 지방대학의 강사인데 반체제적 성향과 행위 때문에 해고되었고 당국으로부터 감시받는 처지가 되었습니다. 그에게는 '낮잠 속에서의 긴 꿈속의 여행'이 허락될 뿐입니다.

부당한 침해와 억압에 대해 대항하지 못하면서 그 분노의 칼날로 자신을 향해 자해하는, 또는 실재하지 않는 이상향에 대한 꿈으로 자위하는 나약한 지식인, 정당한 권리를 빼앗긴 채 압살당하는 모습을 '금치산자'로 표현한 것입니다.

현실 속에 뛰어들어 어찌해보기엔 누구보다도 두려움도 많아 주춤거리지만 머릿속에서는 현실속의 질서 속에서 밀려났다는 강한 분노와 더불어 무력한 자신에 대한 괴로움을 지니고 있죠. '금치산자'라는 말 자체가 정신적으로 이상이 있기보다는 사회에 적응을 하지 못한, 즉 사회 질서속에 편입되지 못하고 밀려난 사람을 뜻이라는 것을 생각해

보면 쉽게 알 수 있는 부분입니다.

이태동 정옥의 아이가 남편은 물론 시부(媤夫)와 닮았다는 점을 이야기 한 까닭은 무엇입니까?
오정희 다른 형질과 섞이고 변화하며 소멸하고 생성되는 생의 순환내지 연속성을 말하고자 한 것입니다. 그것은 또한 어떤 슬픔을 상징하기도 합니다. 아이는 자기 자식이면서 한 집안의 특색을 갖고 있는데, 훗날 다른 성씨를 가진 사람과 결혼을 하면 자신에게 내려오는 그 고유의 특색이 사라지죠. 고유의 특색이 소멸되는 건 어쩔 수 없고 또 당연한 것이지만 그것에서 느껴지는 슬픔을 말하고 싶었습니다.

주인공은 이 아이를 배태했을 때도 '멀리서부터 나를 향해서 손벌리고 달려오는 아이를 보았다' 라고 생각하는데 이것은 주인공이 자식을 '나의 아이' 라 생각하며 굉장한 소유욕을 가지고 있음을 상징합니다. 시부의 찌르는 듯한 눈빛을 닮았다는 것도 그 가계의 특성을 지녔다는걸 다시금 말해주는 대목이죠.

이태동 화자(話者)가 정옥과 그의 어머니와 찾아간 묘역에

서 다른 사람들이 장례식을 치루고 무덤을 판 후 탈관을 하
고 흙으로 그것을 덮는 장면을 영화에서처럼 생생하게 묘
사하는 이유는 무엇입니까?

오정희 그것은 자신과, 자신의 어머니 그리고 모든 사람들
의 죽음을 미리 경험함을 뜻합니다.

죽음과 무로 돌아가는, 이윽고 대지로 환원되는 과정은
언제나 누구에게나 일어나는 일이면서 또한 항상 놀라운
신비의 영역, 불가해한 영역입니다.

이 소설의 거의 마지막인 매장의 정경은 정옥 자신의 장
례식이기도 합니다. 자신의 죽음과 매장을 미리 보는 눈이
기에 어쩔 수 없이 그렇게 깊고 섬세하고 유심해질 수밖에
없겠지요. 그것은 또 죽었는지 살았는지 알 수 없는 채로
끊임없이 정옥의 의식을 지배하고 있는 남편의 죽음과 그
장례식이거나 미구에 닥칠 부모의 그것이기도 합니다.

이태동 저는 개인적으로 이 장면이 참 인상 깊었는데요, 주
인공이 죽음을 미리 경험하는 것도 되고, 또 남편이 죽었다
고 가정했을 때 죽음을 직접적으로 묘사하기보다는 다른
사람들의 무덤을 통해 간접적으로 묘사한 필터링 방식이
미학적으로도 탁월하다고 여겼어요.

오정희 그래서 무의식 속에서나마 자신의 장례를 목격하는 것과 같기 때문에 장례장면을 세세하게 묘사한 것이죠.

이태동 이 작품 끝부분에서 정옥이 절 마당에 들어섰을 때 떨어지는 빗방울에는 어떤 은유적인 뜻이 담겨있습니까?
오정희 저는 '갈 때는 달을 보겠네' 란 다음 말을 쓰기 위해 떨어지는 빗방울이라는 말을 썼어요. 은유적인 뜻이라기보다는 상황자체가, 앞 뒷말이 전혀 어울리지 않잖아요. 묘역에서 검은 풀들이 흔들리면서 까마귀가 낮게 날고 이런 것들은 곧 돌아올 비를 예고하는 이미지입니다.

이태동 정옥이 P시로 돌아가는 날과 시간을 왜 망자(亡者)의 날, 만월인 칠월 보름으로 설정하셨습니까?
오정희 이 소설은 죽은 자들을 위한 제사가 올려지는 백중날, 지방 소도시에서 살고 있는 정옥이 어머니와 함께 공원묘지에 다녀오는 하루 동안의 여정을 그리고 있습니다.
　「별사」를 관심 있게 읽은 사람들 중에, 이 소설 속 남편의 죽음이 사실인가 정옥의 상상 속에서 빚어진 이야기인가에 대한 논란이 있다고 합니다. 저로서는 남편의 죽음을 사실로도 상상 속에서 이루어진 것으로도 해석할 수 있는 여지를 열어두었다고 생각했으나 후에 읽어보면서 오해의 여지를 남길 만큼 기법상의 문제가 있었다고 생각하게 되었습니다.

표면적인 이야기 안에 숨어 있는, 정옥과 그 남편의 이중성 즉 평온하고 안정되게 세상의 제도와 질서에 순응하여 살아가고자 하는 욕망과 실존적 존재로서 고독과 자유를 추구하며 서로를 밀어내는 욕망들이 어떻게 공존하고 있는가를 천착해보기와 정옥의 의식 속에서의 남편과 남편의 의식 속에서의 정옥이 서로 부딪치고 얼켜 벽을 허물면서 어떤 문학적 의미와 아름다움, 생의 본질에 대한 물음들을 일궈낼 수 있다면, 그렇다면 남편의 죽음이 실제의 일이든 상상속의 일이든 하는 것은 문제가 되지 않는다는 것이 이 작품을 쓸 때의 마음이었습니다.

이태동 오늘 모처럼 뵙게 되어 반가웠습니다. 바쁘실텐데 멀리 춘천에서 일부러 와주신데 대해 감사드립니다.

오정희 저도 고맙습니다.

묘지 순례의 슬픔과 절제의 미학

이태동_ 문학평론가·서강대 명예교수

남천(南天)과 남천(南天) 사이 여름이 와서 붕어가 알을 깐다.
남천(南天)은 막 지고 내년 봄까지 눈이 아마 두 번 내릴 거야
내릴 거야. ─ 김춘수

작가 오정희는 우리 시대에 가장 우수한 단편 작가들 가운데 한 사람으로서 한국 현대문학사에 흔들림 없는 위치를 구축하고 있다. 그녀는 지금도 우리 문학계에서 마치 예술을 위한 성처녀(聖處女)처럼, 글쓰기 대해 언제나 한결같이 결곡하고 단아하며 경건한 태도를 보이고 있다.

그의 작품을 접해 본 사람이면 누구나, 오정희가 자신의 순수한 예술의 흰 기폭을 더럽히지 않고 자신의 목소리를

지키며 '소설의 집'을 짓기 위해 어느 쪽으로도 고개를 돌리지 않고서 언어를 사용하기 전에 그것을 끌질하며 수없이 무게를 가늠하고, 선택된 이미지를 조화롭게 사용하는 데만 여념이 없는 여류작가라는 사실을 쉽게 알 수 있다.

비록 그녀는 다른 작가에 비해 과작을 남기고 있지만, 대부분 그녀의 작품은 세심한 끌질로 조각한 상징적 이미지로 가득 차 있기 때문에 때로는 그것이 소리 없이 진행되는 인생의 묵극(黙劇) 같기도 하고 또 어느 때는 입체적 삶의 풍경을 신비로운 화폭 속에 담고 있는 샤갈의 그림과도 같은 인상을 주기도 한다.

작품 「별사」는 오정희의 두 번째 창작집 『유년(幼年)의 뜰』에 실려 있는 작품 가운데 하나로서 그녀의 작가적 재능과 소설미학을 가장 탁월하게 나타내고 있다고 필자는 평가하고 있다.

작가 오정희는 이 작품에서도 우리 주변에서 쉽게 찾아볼 수 있는 모순된 존재의 형태와 신비 그리고 그 현실에 대한 전통적인 허무의식을 사용하고 있다.

그리고 그것을 '의식의 흐름'과 대위법을 지닌 '오버랩' 형식이 혼합된 독특한 구성과, 산문시에 가깝게 압축된 언어와 상징적인 이미지를 통해서 참신하고 수준 높은 예술 작품을 만드는 데 성공했다.

오정희 작품의 특색은 사회비리를 풍자하기보다는 우리에게 삶의 방향을 제시하고 인생 그 자체를 있는 그대로 보여줌으로써 참된 삶의 현실에 눈을 뜨게 하는 데 있다.

비록 「별사」는 단편보다 다소 긴 중편에 가까운 분량으로 묘역을 방문한 모녀의 특이하고 슬픈 '원유회' 경험을 그 내용으로 한 작품이지만, 3대에 걸친 인물들을 통해 인생 무대에서 일어나고 있는 보편적이고 신화적인 사건을 미세한 부분까지 다루고 있다.

결혼한 지 다섯 해밖에 되지 않는 주인공 정옥이란 여인은 아이를 업고 친정으로 왔다가 '원유회'를 가듯 어머니를 따라 '묘원'으로 간다. 이때 그녀는 낚시를 나갔다가 돌아오지 않는 남편이 여름 장마에 불은 강물에 빠졌을 지도 모른다고 생각한다.

그래서 돌아오는 길에 그들은 소낙비를 만났으나 정옥은 아무 말 없이 새로 생긴 타인의 무덤 앞에서 어머니와 헤어져서 어두운 밤중에 아무도 기다리지 않는 P시의 빈 집으로 돌아온다.

오정희는 이러한 사건 가운데서 삶의 여정에서 일어나는

현실의 애환과 인생의 하오(下午)이면 그곳에 언제나 나타
나는 모순된 죽음의 그림자와 허무의식을 그 잔무늬까지
포착하고 있다.

　정옥은 어머니와 더불어 '묘원'으로 떠나기 전날 저녁부
터, 마당의 잔디밭에서 흰 페인트가 벗겨진채 빗물 속에 썩
어가는 나무판자 울타리를 등지고 앉아 클로버 따위 잡초
를 뽑고 있는 늙은 아버지의 등 뒤에서 선명하게 움직이는
죽음의 그림자를 본다. 이어서 죽음의 상징인 '장미꽃 향
기'와 더욱 짙어가는 어둠 속으로 고요히 '물 흐르듯 풀려
흐르는' 아버지의 모습을 보고 현기증을 느낀다.

　'묘원'으로 떠나는 날 아침 정옥은 초인종을 울리고 거
센 힘으로 문을 밀고 들어와서는 백동전 하나를 받고 쫓겨
나는 문둥이의 얼굴에서 원죄 때문에 저주받고 추방된 인
간의 얼굴을 발견하고 놀라움과 측은한 마음에 소리 없이
웃는다.

　이윽고 정옥이가 어머니와 더불어 아이의 손을 찾아 쥐
고 밀리는 만원버스를 타고가다 내려 먼지 나는 길을 따라
'묘원'까지 걸어간다. 그들이 걸어가는 이 길은 서해의 작
은 섬으로 떠나갈 '갈매기' 그리고 '창랑(滄浪)' '금파(金
波)' 등과 같은 이름을 가진 배들의 이미지와 더불어 생의

어느 지점에서 죽음으로 가는 길에 대한 상징적 은유를 형성하고 있다.

전시(戰時)인 것처럼, 대낮에 먼지나는 황톳길 위로 무서울 정도로 비정스러운 불을 밝히고 지축을 울리며 열을 지어 가는 군용차, '석회질의 재, 혹은 낙진'과 같은 먼지를 뒤집어쓰고 산허리를 돌아가는 군인들의 행렬, 적요한 길 모퉁이에서 '깊이 박힌 돌을 찍어내는 인부들의 곡괭이 날에서 번쩍이는 섬광' 등의 이미지는 모두 다 죽음으로 가는 길 위, 삶의 현장에서 일어나고 있는 「시지프스 신화(神話)」를 닮은 실존적인 어려움과 그곳에서 역설적으로 일어나는 희열의 불꽃에 대한 상징들이다.

작가가 길 위에, 그리고 사람들 위에 떨어지는 먼지를 '낙진'이라고 말한 것처럼, 먼지는 '서릿발 같은 햇빛'과 더불어 정옥의 의식의 표면 위에 떨어지는 시간의 에너지를 지닌 죽음의 입자와도 같은 것이리라.

때문에 정옥은 아이와 함께 펌프 물로 먼지를 씻어 내면서 곱게 빗질하고 진한 화장으로 단장한 어머니의 얼굴 위에 떨어진 먼지속에서 죽은 자의 얼굴을 발견하고 속으로 놀라는 것이다.

어머니의 찬물에 적신 손수건으로 조심스럽게 목덜미를 문지르고 옷 속에 넣어 가슴패기의 땀을 훔쳐냈다. 운동화를 신은 채로 발에 물을 들이부으며 정옥은, 세수를 하면 한결 시원해요, 물이 차가와요, 라고 말하려다 입을 다물었다. 두껍고 희게 분 발려진 얼굴과 까마귀 깃털처럼 새카만 머리털, 입술 선을 뚜렷이 강조한 립스틱의 진한 빛깔로 어머니의 얼굴은 염(殮)을 한 것 같았다. 어머니는 죽으면 아마 미라로 남을 것이다. 정옥은 문득 떠오른 객쩍은 생각에 피식 웃었다.

'묘원'을 찾는 황토길 위에서 일어나는 일들에 대해서도 3대에 걸친 세 사람의 작중인물이 보이는 반응은 하나같이 다르다.

아직 인생을 체험하지 못한 아이는 무거운 총을 어깨에 메고 먼지와 햇살 속에 산굽이를 돌아가는 병사들의 고된 행군을 호기심에 가득 찬 눈으로 바라보고 있는 반면, 집을 나간 남편의 소식을 듣지 못하는 그의 어머니 정옥은 남편을 얼마 전에 잃은 40대에 가까운 여인이었기 때문에, 그들의 고통과 아픔을 이해하고 무서워한다.

그러나 정옥의 어머니는 그러한 삶을 이미 모두 다 뒤로 두었기 때문에 그들의 고역에 대해 무관심하며 죽음의 휴식처를 찾기에 바쁘다.

그러나 무엇보다 중요한 것은 그들이 산꼭대기에서 정옥 아버지와 어머니가 묻힐 네 평짜리 좁은 공간, 'D블럭 9-3'을 찾은 후, 그때까지도 이어지고 있는 군대행렬을 멀리서 바라보며 대화를 나누는 장면과 그때 정옥이가 산 밑에 영구차가 관(棺)을 싣고 와서 '탈관(脫棺)'을 한 후 망자의 길을 애환 속에 위무해 보내는 '징소리 바라 치는 소리'를 들으면서 자기가 왜 이곳에 와 있는가 하는 이유를 말하지 않고 속으로만 깊이 생각하는 장면이 상징하는 미학이다.

정옥의 어머니는 딸이 멀리 지방에 살기 때문에 자신이 묻힐 곳을 가르쳐 주기 위해 딸을 그곳에 데려왔다고 말하지만, 정옥은 '죽은 자의 절대적인 평화와 외로움을 만나리라는 환상 때문이었던가' 하고 의미 깊은 생각을 한다.

그러면 그 뜻은 무엇일까. 정옥은 그녀가 겪은 모든 슬픔과 분노에서 오는 감상적인 늪에서부터 스스로를 구하기 위해 내색은 하지 않았지만, 이 세상에는 없는, '하눌재 신들내'로 낚시를 나갔다가 홍수에 몸을 던져 흘러가 버렸을지도 모르는 남편을 마음속으로나마 묻어 주고 구럭에 넣어온 삶은 달걀과 참외로 은밀히 제의(祭儀)를 올리기 위함이었으리라.

그들이 묘원에 도착했을 때, 표면적으로 나타난 것은 앞으로 어머니가 돌아갔을 때 치르게 될 장례식 장면을 정옥이가 머릿속에 그려 보는 것이다. 그러나 그녀가 그 슬픈 풍경을 보고 있는 순간 내내 그녀의 의식 속에는 제식(祭式)의 예(禮)는 물론, 무덤도 만들어주지 못하고 떠나보냈을지도 모르는 남편에 대한 슬픔이 보이지 않게 깊숙이 묻어 있었을 것이다.

칠성판에 누운 시신이 내려가자 엎드린 사람들 사이에 한바탕 곡성이 어우러졌다.

하관이 끝나자 검은 양복에 건을 쓴 남자들이 흙을 한 삽씩 떠서 던져넣고 물러섰고 이어 흰옷 입은 여자들이 삽으로 흙을 떠 넣었다. 그것은 어쩌면 공식적인 기념식수를 방불케 하는 광경이었다.

상제들에게서 삽을 넘겨받은 인부들이 우 달려와서 재빨리 흙을 덮은 뒤 회 다지기가 시작되었다. 7,8명은 될 듯한 그들은 긴 장대를 하나씩 들고 무덤 속으로 들어갔다. 묘지의 위쪽에 무릎을 세우고 느른히 앉아 있던 늙은이가 선창을 하자 인부들은 두 줄로 나눠서 우렁우렁한 소리로 받아 부르며, 마주보고 등을 대는 동작의 되풀이로 발 밑을 단단히 다졌다. 계면의 슬프고 느린 음조, 타령의 내용은 정옥이 있는 곳까지 들려오지 않았다. 그러나 가락은 선연히 잡혔다.

목이 잠긴 늙은이가 담배 한 대로 단대를 식힐 참이면 구덩이 안으로 또 한차례 회 섞인 흙이 퍼부어졌다. 곡성과 타령이 잦아진 틈을 타서 징소리, 바라 치는 소리가 은은히 들려왔다.

정옥은 그 자리를 떠나 한 기의 무덤마다 일일이 멈춰 서며 천천히 묘비에 새겨진 이름과 생몰 연대를 읽어나갔다. 거의 한 세기를 산 사람도, 삼십 년을 못 채우고 죽은 사람도 있었다. 어느 쪽이나 놀라움을 불러일으켰다. 자신이 살아 있기 때문일 것이다. 묘지를 마련하고 살아가는 사람들, 열일곱 살의 죽음, 스무 살의 죽음. 나이에 따라 죽음은 그 모습과 빛깔을 달리한다.

그리고 어머니와 더불어 산을 내려올 때, 산자락 끝에 '삼색 단청빛'으로 갓 단장을 한 어떤 절의 그 명부전에서 징과 북을 치며 '재'를 올리는 곳을 소낙비를 긋는 장소로 택한 것 또한 강물 속으로 흘렀을지도 모르는 남편에게 남 모르게 간접적으로 재를 올리기 위한 마음 때문이 아니었을까.

정옥의 남편은 사고가 자주 나는 저수지에서 넋을 잃고 낚시질을 하다 갑자기 내린 비로 떠내려갔을지 모른다고 생각하지만, 그는 현실에 대한 절망 끝에 물속으로 자신을 던져 자살했으리라. 여기서 낚시질은 헤밍웨이의 소설에서처럼 무서운 공포와 잔혹함으로 가득한 부조리한 현실을 도피하는 몸짓이다.

그러나 그가 이렇게 된 것은 어떤 사회적인 힘 때문이다. 어느 날부터 그는 모든 것이 금지되고 아무런 권리도 없는 금치산자가 되어버렸다. 그 이후로 전화선까지 끊고 외부와 단절된 생활을 하며 낮에는 입 벌린채 잠을 자고 여명에는 죽은 자의 평화와 고독을 즐기듯 어둠에 대한 제의(祭儀)의 행위처럼 새벽마다 산책을 나가거나 일찍 낚시 길을 떠났다.

그가 저수지에서 익사하거나 자살했을지도 모르는 것은 그가 여관집 그 처녀와 함께 본 낡은 필름에서 '고깔모자를 쓰고 미친 듯 춤을 추던 검고 흰 사람들, 초라하고 피로에 지친 만삭의 임부, 울고 있는 아이'를 보고 슬퍼했다는 점에서 드러난다. 이밖에도 개여울에 발을 담그고 투명한 수면 위에서 자기의 모습을 보고 물속에 비친 아름다운 돌을 물속에서 건져 올렸을 때, 그 아름다운 돌의 빛이 죽는다는 사실을 발견하는 장면과 아이에게 들려주는 정옥의 환상적인 동화 이야기 역시, 그의 죽음이 자살이었음을 잘 말해주고 있다.

지금까지 살펴본 것처럼 같이 이 작품에 나타난 주제가 모순된 존재의 비극적 상황과 거기에서 오는 허무주의에 관한 것이기 때문에, 작가 오정희의 독특한 소설 미학과 남모르게 수없이 다듬어 긴장 없이 쉽게 읽어 내려갈 수 없는 여물고 단단한 언어가 아니었다면, '감상주의'의 수렁에 빠져 버리는 위험을 면할 수 없었을 것이다.

우선 화자인 정옥은 집을 나간 남편이 돌아오지 않게 되자 마치 미망인이 되어 버린 슬픔을 스스로 삼키고 밖으로 표현하지 않았다.

또 앞에서 말한 독특한 대위법과 내면의 심리적 상황과 외부의 장면을 병렬적인 방법으로 일치시키는 '오버랩'을 통해서 그녀의 감정을 그림자만 남겨놓고 안으로 깊이 침윤시켜 여과시키거나 혹은 '객관적 상관물(相關物)'을 통해서 승화시키고 있다.

정옥은 자기의 시야에 들어온 어떤 망자의 하관(下官)식과 삼우(三虞)를 지낸 또 다른 망자의 무덤 앞에서 '시든 꽃묶음'과 '먹물이 번진 흰 종이' 그리고 '음식찌끼'를 보았

을 때, 그녀는 사라져버린 죽었을 것만 같은 남편을 위한
의식(儀式)을 생각하고 있었으리라.

또 그녀의 언어는 주변에 묻은 감정을 배제하고 차단할
만큼 단단하지만 일상적인 언어가 아니라, 생의 아름다움
과 슬픔, 그리고 페이소스 등 여러 가지 감정의 요소를 결
합시켜 하나의 결정체로 만든 예술의 언어이다.

혹자는 이 작품을 두고 삶이 아닌 죽음만을 이야기하고
있는 듯하기 때문에 도덕적인 문제가 결핍되어 있다고 할
것이다. 그러나 정옥의 아이는 언제나 생명의 상징으로서
비석 뒤에서나 혹은 무덤 뒤에서 영혼의 상징인 까치와 친
숙하게 놀고 있기 때문에 그러한 문제를 극복하기에 충분
하다.

둥그렇게 담장을 두른 가족묘의 석물 뒤에서 아이가 나타
났다. 아이는 달려와 정옥의 무릎에 비스듬히 기대앉았다.

정옥은 땀으로 이마 위에 달라붙어 있는 머리칼을 쓸어 젖
히고 아이의 눈을 들여다보았다.

정옥이 아이에게서 남편을 느끼는 것은 바로 그 눈을 볼 때
였다. 그리고 그 눈에서 한 번도 본 적이 없는, 누렇게 바랜
사진 속 시부(媤父)의 찌르는 듯한 안광을 보았다. 외가를 닮

은 둥근 턱에도 불구하고 아이는 그 눈 때문에 아이답지 않게 어딘가 날이 선 인상을 주곤했다. 한데 뒤섞여 몰려오는 수천의 아이들 가운데 단박 가려낼 수 있는 작은 얼굴.

새로 만든 어느 사자(死者)의 무덤을 들여다보던 정옥이 어머니와 헤어져 '망자의 날' 백중, 만월의 달밤에 '이미 추억으로 떠오르는 P시의 '가파르고 어두운 길'을 죽었을지도 모를 남편의 환상과 더불어 걸어가게 되더라도, 틀림없이 그녀의 등에는 낮에 무덤 뒤에서 뛰어오던 아이가 내일을 꿈꾸며 잠들어 있었기에 말이다.

이렇게 이 작품은 주인공인 정옥이가 어머니와 아버지가 묻힐 묘소를 둘러보고 오는 행여(行旅)에서 낚시를 갔다가 익사했기 때문에 돌아오지 않는 남편을 생각하는 슬픈 경험을 한다.

그러나 그녀는 그것을 눈물이 있는 감정으로 표현하지 않고, 탁월한 은유와 객관적 상관물을 통해 객관화시킴으로서 압축된 절재의 미학을 성취하고 있다.

때문에 존재 문제를 취급하고 있는 순수문학의 표본이 되고 있는 이 작품은 비록 단편 내지 중편 소설이지만 넓은 진폭을 가진 일반적 장편 소설 못지않게 생의 실존적 현실과 그 정수(精髓)를 담고 있다고 말할 수 있다.

　실제로 소설 미학과 다층적인 언어 감각의 깊이를 읽어
낼 수 있는 독자라면 이 작품 「별사」를 두고 산문시에 비유
하게 될 것이다.

나의 문학과 생활

안녕하십니까. 소설 쓰는 오정희입니다. 만나 뵙게 되어 반갑습니다. 토지문학관 측으로부터 강연 요청을 받고 많이 망설였습니다. 문학과 관련된 이야기를 해야 할 텐데 '문학이란 무엇인가' 라는 것은, 읽어보고 써보고 관심을 가지면 각자 나름대로 알게 되는 것이고 굳이 제 이야기를 듣기보다는 좋은 이론서 한 권을 읽는 일이 더 이문이 남는 일일 겁니다. 또한 제 자신의 창작방법에 대해 말씀드리기에는, 오랫동안 소설을 쓰지 못하고 있다는 자의식이 장애가 되었지요.

문학을, 불의와 불합리에 대항하는 무기라고 정의 내리는가 하면 타락한 사회에서 타락한 방법으로 진정한 가치를 추구하는 것이라고 하는 문학사회학적인 관점도 있고 아픈 마음을 달래주는 약손, 위안이라고 하는가 하면 편안하고자 하는 우리의 정신을 고문하는 것이라거나 한갓 오락적 소비재, 상품에 불과하다고까지 하는 폭넓은 문학적 정의에 대해 남들 다 아는 이야기를 이 자리에서 새삼스레 펼치는 것도 민망한 노릇입니다.

여러 주제를 생각하다가 결국 저의 이야기로 귀결되었습니다. 글을 쓸 때나 이야기를 할 때 가장 궁색하지만 안전한 것이 자신을 재료로 삼는 것일 겁니다. 제 이야기이되 문학하는 사람으로서의 제 이야기이니 문학과 무관하지는 않을 것이어서 초대한 측의 의도에 크게 빗나가는 것은 아니리라는 생각도 했구요. 그러나 모든 만남에 솔직함이나 마음을 여는 일이 없다면 도로이자 낭비에 지나지 않게 된다는 평소의 생각 때문에 불필요하게 오버하는 제 습성에도 위험을 느꼈고 왠지 본의 아니게 고백성사가 될 것 같은 예감에 좀 불안하기도 합니다.

아주 어려서부터 글을 썼고 문학이 아닌 다른 삶의 가능성을 전혀 생각해 본 일이 없었다는 것, 스물이 갓 넘어 누구 못지않은 열정과 포부로 작가 생활을 시작했고 더러 '독특한 작품세계' 운운의 평가도 받았으나 줄곧 문학의 언저리에서 서성대면서도 거의 6, 7년 동안 창작을 하지 못하고 막다른 길에 부딪친 것과 같은 막막한 상태에 빠져버렸다는 것, 자책과 부끄러움, 발전 없는 자기반성이 타성화되어버린 작가라면 이미 고백성사로서의 필요충분조건은 갖춰진 셈이니까요.

마이크에 대고 대중을 향해 하는 고백성사란 생각하기에 따라서는 인민재판만큼이나 끔찍하고 피차 민망한 노릇이기도 할 겁니다. 그러나 한편 성취한 사람, 순조롭게 자신의 길을 가고 있는 사람들의 이야기도 도움이 되겠지만 덫에 걸려 허우적대는 사람들의 이야기도 나름대로 반면교사로서의 의미는 있으리라는 생각에 용기를 내었습니다.

저로서는 별수없이 문학중독자의 고백 내지 문학에 대한 애달픈 짝사랑의 연가가 될 것 같지만 저의 펼쳐 보임이 여러분들의 마음에 스미고 또 문학을 향유하고 더러 창작에의 꿈을 갖고 계신 여러분들의 마음이 제게도 스미어, 어쩌면 저처럼 일과 가정, 사랑과 의무라는 자청한 구속과 자유롭고자 하는 본능적 욕구를 양손에 움켜쥐고 힘겨워하는 분들에게 함께 생각할 시간이 될지도 모른다는 기대로 이야기를 시작하겠습니다.

제가 글을 쓰기 시작한 것은 열 살 무렵이었습니다. 초등학교 3학년 때 작문시간에 써낸 글로 선생님의 칭찬을 받았고 그것이 계기가 되어 경기도 내 백일장에서 「오늘 아침」이라는 산문으로 특선을 한 뒤 저는 소설가가 되겠다는 생각을 하게 되었습니다. 아마도 결코 눈에 띄지 않는 평범한 여자아이로서, 글을 쓰는 것이 칭찬과 인정을 받을 수 있는 유일한 길이기에 그쪽으로 저를 몰아간 것이겠지요.

문학청년이었던 담임선생님은 학급 학생들에게 자주 글짓기를 시키셨는데 저는 문장이 정확하고 표현이 어른스럽고 섬세하다는 평을 들으며 '가장 잘 쓴 글'에 뽑히곤 했었지요. 닥치는 대로 읽었던 책들의 흉내내기였을 겁니다.

신문 연재소설부터 잡지의 소설들을 많이 읽었는데 5, 6학년 무렵부터는 김동리, 황순원의 소설들을 위시하여 오영수, 손창섭, 최인훈, 서기원, 박경리, 강신재, 이호철 등 전후 작가들의 단편소설들을 읽으면서 자연스레 문장의 틀이나 구조, 구성 따위를 익힌 것 같습니다.

제가 백일장에서 특선을 하여 상을 받아 왔을 때 아버지가 제게 보인 뜻밖의 반응은 훗날 생각해보면 문학과 생활, 즉 윤리적 삶과 미학적 삶의 힘겨루기의 시작이었고(얼마 전 저는 '예술이 윤리에 빠지면 익사하고 윤리의 자장 밖으로 나가면 존재론적인 빈털터리가 된다' 는 황동규 선생님의 글을 읽었습니다) 제가 내내 안고 싸워야 할 과제였으며 그것이 결국 창작이 요구하는 공간과 일상적 삶이 요구하는 공간이 부딪치는 자리에 제 글쓰기를 설정하게 한 것 같습니다.

아버지는 칭찬을 기대하던 제게 아주 냉담하고 거의 멸시에 가까운 반응을 보이셨습니다. 어머니에게는 '쓸데없는 짓이나 부추긴다' 고 나무라셨고 제게는 '문학은 병적인 것이고 건강한 생활인의 삶에 장애가 된다, 폐인이 된다' 고 강변하셨지요.

저의 집은 이북에서 내려온 월남 피남민으로서의 혹독한 시절을 겪었습니다. 때문에 그 피난민적인 기질에서 끝내 자유로울 수 없었습니다. 자칫 방심하면 어렵게 쌓아올린 것들이 한순간에 무너지고 다 잃고 만다는 불안감과, 세상을 약육강식의 정글로, 살아가는 일을 곡예사의 줄타기로 인식할 수밖에 없는, 어려운 시절을 겪어온 사람으로서, 또 남성의 시각으로, 아버지는 제게 건강한 생활인의 삶을 원하셨습니다. 당신 자신 한때 신문의 현상 공모에도 응모한 적이 있었던 문학청년 시절을 보내셨다지만 함께 하숙을 하던, 이북으로 넘어간 소설가의 생활을 보고(아버지의 표현대로라면) 그 무절제하고 퇴폐적인 생활에 질리셨던 이유도 있습니다.

중학교에 들어가자마자 저는 아버지의 권에 의해 정구부에 들어갔는데, 표면적인 이유는 몸이 약하니 체력을 길러야 한다는 것이었지만 정구선수로 고등학교를 졸업하면 실업팀에 스카우트되어 은행에 취직할 수 있고 그런 연후에 성실한 남자와 결혼을 시킬 작정이셨다고 합니다. 제가 글을 쓰고 책을 읽는 것이 몹시 싫었다고, 문학가가 되겠다고 할까봐 그러셨다고 훗날 토로하셨습니다. 아버지가 자식들에게 바랐던 것은 안정되고 평범한 중산층적 삶이었을 것입니다.

그럼에도 불구하고 중·고교 시절 저는 문학소녀였습니다. 비교적 조숙한 소녀였는데 오직 작가가 되고 싶다는 소망으로 그 어둡고 막막한 시기를 버텨내었지요. 저는 두 번 가출한 적이 있는데 처음 아홉 살 무렵에는 고아가 되고 싶어서, 자유롭고 싶어서 인천항에 정박해 있는 배의 선실에 숨어 있다가 하루 만에 잡혔고 두 번째는 여고 1학년 때였지요.

등록금을 가지고 그냥 무작정 집을 나갔는데 대문호의 꿈을 가진 제게 평범한 가정과 여자고등학교의 생활은 너무 시시하고 하루빨리 박차고 나와야 할 어떤 것들이었습니다. 가출의 직접적 도화선이 된 것은 서머싯 몸의 『달과 6펜스』와 『써밍업』이었습니다. 이미 여러 번 읽은 책들을, 다시는 되돌아오지 않으리라는 비장한 각오로 떠나며 지녔다는 것은 그것을 평생의 지침서로 여기고 있었다는 뜻이었겠지요.

진정한 소설가가 되는 길만이 썩은 늪처럼 질척이는, 진부한 이 세상에서 창조적으로 사는 길이라는 믿음이 싹트던 당시 저는 온통 『달과 6펜스』의 주인공 찰스 스트릭랜드의 열정에 사로잡혀 있었지요. 겁 없이, 뒤돌아봄 없이 집을 나온 것도 자유와 고독 그리고 체험을 위해서였습니다.

영국 중산층 가정의 나무랄 데 없는 가장이자 평범한 주식중개인으로 살아가던 스트릭랜드는 어느 날 갑자기 처자식에게 일방적으로 결별을 선언하고 파리로 잠적합니다.

싸구려 여관에서 무일푼의 신세로 밑바닥 생활을 하는 그가 일말의 회의나 후회도 없이 '그림을 그리고 싶어서, 그림을 그리지 않고서는 배길 수 없어서' 라는 단 두마디로 자신의 입장과 상태를 설명하는 데서 저는 감전된 듯한 충격을 느꼈습니다.

사람들이 행복이고 안정이라 부르는 길을 미련 없이 버

리고 보상도 약속도 없는 길을 가게 한 열정의 정체, 비밀
은 무엇일까. 세속적인 즐거움, 장식적인 아름다움, 돈과
명성에도 전혀 관계없이 어떤 자의식도 없이 오로지 그림
을 그리고자 하는 혼의 요구를 쫓아 대도시 파리에서 사막
의 은둔자보다 더 고독하게 산 그에게서 저는 예술가들의
근원적인 꿈을 보았다고 믿었습니다.

경기도 양평군 마룡리의 용문산 아래 민박집에 묵으며,
잡혀 오기까지 한 달여를 그 책과 함께 가지고 간『써밍업』
을 닳도록 읽었습니다. 주인집 언니의 주선으로 춘천의 인
성병원 보조간호사 일자리를 얻어 떠나기 직전 잡혀 오기
는 했지만 그때 읽은 책의 내용은 문학 인식의 기본 틀을
만드는 데 적지 않은 영향을 미쳤습니다.

그 책은 제게 작가로서 살아가는 삶에 대한 불투명한 환
상을 벗겨주고 인간에 대한 끈질긴 흥미와 탐구의 중요성,
사물의 이면을 바라보는 독특한 시각을 가져야 한다는 것
을 가르쳐주었습니다.

편견과 감상을 배격할 것, 착실하게 인생을 보고 또 전체
로서 볼 것, 많이 쓰지 않으면 좋은 글을 쓸 수 없다는 것,
개인적인 입장에서 세계를 볼 줄 아는 개성, 모든 사람에게
공감을 줄 수 있는 보편성을 가져야 하며 무엇보다도 인간

존재라는 이 기괴한 사건에 깊이 참여할 것 등을 가르쳤습
니다.

저는 가끔, 만약 그때 다시 돌아오지 않고 지방 도시의
보조간호사로 일하게 되었다면 어땠을까 생각해보기도 하
는데, 그것 역시 괜찮았을 거라고, 전혀 다른 작품 세계를
가졌을지 모르지만 역시 저는 글 쓰는 사람이 되었을 거라
고 생각합니다.

얼마 전 성당에서 신부님의 강론 중에 그 신부님이 신학
교에 들어가기 전 신부가 되게 해달라는 것과 가난하게 살
게 해달라는 기도를 열심히 하셨었다는 말씀을 듣고 잊고
있었던 제 젊은 날의 모습을 떠올리며 새삼스런 감회에 젖
었었지요.

20대에 이른 제게 '문학하는 삶'이란 가난과 자유와 고
독 안에서의 충만이었습니다. '가난'이라는 것이 비단 물
질적인 것에만 한정되는 것이 아님은 여러분들도 잘 아실
것입니다.

지금 생각해보면 저는 문학자의 삶을, 순명과 청빈과 순
결을 서약하는 수도자의 삶과 일치시키는, 거의 종교적인
것으로 받아들이지 않았던가 싶습니다. 그것은 지금이라고

크게 달라진 것 같지는 않습니다. 어떤 이야기를 다루든 쉬운 해결에 맡기지 말 것, 사랑과 경외하는 마음으로 다가갈 것, 자신을 희생 제물로 내어주지 않으면 진실의 작은 조각 하나도 얻을 수 없다는 것이 그렇습니다.

물론 기껏 삼십 분 내외에 읽히고 조금 더 뇌리에 남아 있다가 까맣게 잊히는 단편소설 하나 쓰면서, 사람에 따라서는 그런 것이 없어도 살아가는 데 하등 문제 될 것이 없는 문학이라는 것에 대해서 호들갑이 심하다고 볼 수도 있지만 소설뿐만이 아니고 자신의 일로써 무언가를 이루고 도달하고자 하는 사람이라면 누구든 자신의 작업에 임해 그렇듯 경건한 마음을 갖는 것이 아닐까요?

문학에 뜻을 두면서부터는 저는 평생 쓰겠다는 말만으로 일생을 보내게 되지 않을까 하는 것과 문학 자체보다 글 쓰는 생활에의 환상 혹은 포즈에 빠지게 되는 것을 가장 경계했던 것 같습니다.

지금 젊은 사람들이라면 웃고 말 애기지만 당시에는 여자가 소설을 쓴다는 것은 벌거벗고 네거리에 나선 것과 같다거나, 여자들이 하면 얼마나 하겠느냐, 기껏 센티멘털리즘이 아니겠느냐, '여류'라는 희소가치로 대접받는 고급 사교사회가 아니냐 등등의 공공연한 비아냥거림, 왜곡된 시선들이 지배적이었지요.

자기실현의 욕구와 강한 정열이 정당한 이해받음 없이 왕왕 사회적 편견과 억압이나 가부장적인 논리에 의해 압살당하고 희생당하는 경우를 많이 보았지요. 그러한 사회적 분위기와 의식 속에서 여성이 한 주체적 인간으로, 훌륭한 예술가로 커나간다는 것이 얼마나 힘든 일인가를 보았지요.

실제로 저는 10대 말과 20대 초에 정면으로 그런 질문을 받은 적이 있습니다.

고3 마지막 문예반 모임에서였지요. 동화작가 신지식 선생님이 지도교사이셨는데 문학 하는 삶의, 특히 여성으로서의 사회적 조건의 어려움과 외로움을 말씀하셨던 것 같습니다. 여성이 문학을 하면 불행해진다, 불행을 감당할 자신이 없으면 이 자리에서 문학하겠다는 생각을 버려라 하셨지요.

또 한 번은 신춘문예 당선을 하고 텔레비전 좌담에 나갔었는데 정연희 선생님께서 무서운 질문이라는 단서를 달고 말씀하셨습니다. 여성으로서 문학과 가정의 양립이 가능하겠느냐는 물음이었습니다. 자기 하는 일에 확신을 갖고 현명하게 해나간다면 가능하지 않겠느냐고 스물한 살의 저는 당돌하게 답변했는데 저는 그 답변에 대한 책임을 사느라, 문학이 힘이 세냐 생활이 힘이 세냐는 힘겨루기에 이제껏 전전긍긍하고 있는 것 같습니다.

부부가 각자의 일을 갖는 것이 당연하고 여성들의 주체적 의식 또한 높아진 지금에는 그것이 무에 그리 심각한 문제인가 생각할 수도 있지만 고도의 집중력, 확보해야 하는 자기만의 시간과 내외면적인 공간, 어느 곳에도 길들여지거나 편안해지는 것에의 두려움, 통념과 상투성을 깨뜨려야 하는 예민한 감각과 시선, 종교나 이데올로기나 관습 따위 어디에도 예속되어서는 안 되는 자유로운 정신을 요구하는 문학 작업의 본래적 성질을 생각해볼 때 지금이라고 별반 다르거나 쉬울 것 같지는 않습니다.

우리 사회 일반이 여성 작가에 대한 편견이나 왜곡, 백안시에서 벗어나게 된 것은 박경리 선생님에 이르러서가 아니었는가 생각합니다. 박경리, 박완서 선생님의 업적과 치열한 문학정신에서 비로소 여성 작가들의 전문성과 힘, 가능성을 인정받게 되었고 그분들이 이룬 성취만큼 겪은 고초만큼 저희 후배들은 입지와 운신의 폭이 넓어진 것입니다.

누군가 제게 제 소설 속에는 왜 유년과 노년만 있고 중년이 없느냐고 물었을 때 저는 '그 사이에는 바람이 있다' 라고 농담조로 대답한 적이 있습니다.

물론 저는 중년 여성의 이야기를 많이 쓴 편이라는 마음속의 항변이 있었지만 중년을 다룬 소설에는 제 안의 가득한 방황, 가득한 삶의 욕망, 가득한 모성, 가득한 문학적 열망들이 자전적인 색채로 지배한 탓에 소설은 지워지고 작가인 제 모습이 두드러진 것은 아니었던가, 또한 상대적으로 거리두기가 쉬웠고 객관화시킬 수 있었던, 어린아이와 노인을 다룬 작품들에는 문학적 형상화가 이루어졌던 게 아닌가 하는 생각이 들었습니다.

어릴 때의 글쓰기란 칭찬받기 위한 재주 자랑 같은 것이었고 사춘기 시절에는 열등감이나 혼돈뿐인 상황에서 때때로 용기와 힘을 주는, 이 세상 밖으로 나가지 않게 하는, 멀리 있는 빛이었고 청춘 시절에는 과연 내가 작가가 될 수 있겠는가 하는 자신감, 불투명한 미래에의 환상, 그 누구보다도 유명해지고 인정받고 싶다는 경쟁심과 그로 인한 초조감과의 싸움이었습니다.

그리고 다음에는 가정이라는 구조, 관계 안에서 어떻게

이것을 지켜가며 그 모순과 불합리와 싸우는가, 얼핏얼핏 얼굴을 드러내기 시작하는 삶의 균열과 심연을 어떻게 파헤쳐볼 것인가 하는 것과의 싸움이었습니다.

표면적으로는 평범하고 평온한 일상을 살면서, 떠나고자 하는 욕망과 안주하고자 하는 상반된 욕망들이 들끓는 내 안의 활화산들을 어떻게 다스리며 조화를 이룰 것인가, 삶의, 이 어찌 해볼 길이 없는 사랑과 슬픔, 열망의 시간들을 살아낼 것인가를 혼자 묻고 대답하며 한 자씩 건져낸 것들이 삼사십대에 쓴 소설들입니다.

일례로 저는 유치원에 가는 제 아이가 했던 "엄마, 바람이 불어. 바람이 무서워. 바람은 어디서 살지"라는 말에서 「바람의 넋」이라는 소설을 썼고, 어느 무더운 여름날 창밖에서 들리던 "기주야"라는 목멘 부름에서 이미지를 얻어 한 편의 소설을 쓰기도 했고, 어느 날 문밖을 나가는 아이의 뒷모습을 보며 문득 북받치던 슬픔에서, 저녁밥을 짓다가 부엌 창문으로 보이던 짙은 노을에서 한 편의 소설을 얻기도 했습니다.

그 시절 제가 쓴 소설 중에 여성 소설가를 주인공으로 한 것이 있는데요. 그녀는 밤새워 글을 쓸 때면 약한 시력이 스탠드 등의 강한 빛을 이겨내지 못해 자꾸 눈물을 흘립니

다. 그러면서 그 눈물을 자신이 울음으로 여길까 봐 경계를
하고 겁을 냅니다. 단순한 생리적 현상인 눈물을 스스로 울
음이라 여기고 독자들에게도 그렇게 내보이는 것은 부정직
함이자 과장된 자기연민과 감상이라고 극력 피하고자 했던
것이 실제 작가로서의 제 마음이고 태도였습니다.

단조롭고 평온한 일상을 불편 없이, 가치와 의미를 부여
하며 살면서도 한 실존적 인간으로서 피해 갈 수 없는 쓸쓸
함과 공허감, 존재감, 위기들을 더딘 글쓰기로 위로하고 힘
을 얻었던 시간들이었습니다. 일상도 창작도 일면의 진실
이라는 생각에, 일상이 주는 구원을 부인하지 않았고 그것
이 바로 내 문학의 뿌리라고 여겼던 것이지요. 일상이 있었
기에 창작을 할 수 있었고 창작을 할 수 있었기에 일상을,
그것이 주는 모든 미덕과 함께 치욕과 비루함도 살아내지
않았던가 싶습니다. 분리수술을 할 수 없거나 하더라도 불
구와 죽음까지 불러오는 지극한 위험이 따르는 샴쌍둥이처
럼 그 둘을 함께 애정을 기울이며 살아내지 않았다면 수시
로 엄습하는 공허와 쓸쓸함과 권태로움을 이겨내기 어려웠
을 것입니다.

그 시절 제가 마음에 새기고 살았던 것은 『금강경』의 첫
머리에 나오는 구절입니다.

'부처님께서 사위국 기수급고독원에서 많은 비구들과 함께 계시다가 진지를 드실 때가 되자 가사를 입으시고 발우를 지니시고 사위성에 들어가 탁발을 하시고 돌아와 공양을 마치신 뒤 발을 씻으신 다음에야 자리를 펴고 앉으시고 비로소 대중을 향해 설법을 시작하셨다' 라는 말씀이 그것이었습니다.

저는 그 말씀을 자신이 발 딛고 선 자리를 부인하지 말라, 삶의 고단함과 고달픔을 받아들이며 충실하여야 한다, 도와 진리도 그 위에서 찾아내고 이루어야 한다는 말씀으로 받아들였습니다. 내게 주어진 삶의 조건에 정직하고 충실하지 않다면 어떤 높은 가치도, 진정한 아름다움도 볼 수 없으리라고 생각했습니다.

80년대에 이르러 작가로서의 저는 역사적·사회적 인식의 결여 또는 작품세계가 좁다라는 비판을 받기도 했고, 저는 넓이가 부족하면 깊이를 갖추면 된다거나 인간의 사고와 행동은 어쩔 수 없이 필연적으로 사회적 산물이라는 말로 저 자신을 변호하기도 했었지요.

많은 문인, 학자, 지식인들이 고초를 겪는 이 폭압적인 시대고의 한복판에서 너는 퇴폐적인 부르주아의 정서에 빠져 있고 음풍농월만을 하는가, 왜 독재를, 사회의 모순과 불평등을, 광주를 말하지 않는가, 직무 유기가 아닌가 하는 분위기가 팽배하던 시절이었습니다.

의식이 있는 사람이라면 누구라도 역사와 사회에 대해, 우리가 겪고 있는 시대의 고통에 대해 부채감을 느끼고 있었고, 무풍지대에서 마냥 마음까지 편하게 사는 것은 아니었지만 참여하지 않은 자에게는 반성의 몫도 없다라는 말도 아프게 가시가 되어 박혔지요.

이런 시대에 나의 글쓰기란 비 오는 날 마른 땅 골라 딛기가 아닌가, 배부른 자의 반찬 투정이 아닌가 하는 자괴감에 빠지게 되었고 글쓰기는 점차 힘들어졌습니다.

이른바 작가들이 여러 차례 겪는다는 수렁과 일종의 정신적 공황상태에 빠져버린 것입니다. 가슴에 불길이 솟는 듯하면서도 이상하게 소설이 써지지 않았습니다. 쓰겠다는 말만으로 일생을 보낼지도 모른다는 두려움, 그리고 기한을 정해놓으면 어떻게든 쓰게 되지 않을까 하는 헛된 기대로 청탁을 받아놓고는 약속을 못 지켜 번번이 펑크를 내고 면목 없어 쩔쩔매는 자신의 모습이 끔찍했지요. 약속한 원고 마감일이 다가오면 원고지 칸칸이 점만 가득 찍은 두툼한 원고 뭉치를 우송하는 악몽에 시달렸고 실제로 착란 상

태에서 그런 일을 저지를지도 모른다는 걱정에 휩싸이기도
했습니다.

마침 대학에 재직하는 남편이 교환교수로 외국에 가게
되어 저는 써지지 않는 글에서, 막다른 길에서, 갇혀 있는
세계에서 달아나듯 외국으로 이주를 하였습니다. 낯선 곳
에의 환상, 고독에의 환상이 있었음을 부인할 수 없었겠습
니다. 혹은 절망에의 환상도요.

물론 색다른 새로운 소설을 쓸 수 있으리라는 기대감도
있었지요. 그곳에서 색다른 풍경, 다르게 사는 사람들, 우
리와는 아주 다른 시선과 사고, 정서들을 보았지요.

그러나 이국정취나 낯선 곳에서의 문화적 충격이나 다름
과 차이의 발견만으로 소설 창작이 이루어지는 것은 아닌
것 같습니다. 다른 문화, 이국정취, 인종 차별의 아픔, 결코
중심부에 끼어들지 못하고 주변부에서 어슬렁거릴 수밖에
없는 자의 피상적 시선과 비애를 약간의 문화적 감수성으
로 버무려 만드는 것이 소재주의에 빠지는 것은 아닌가 하
는 생각이었습니다.

여행기나 체험담, 인상기 정도는 쓸 수 있었겠지요. 그러
나 제 머릿속에 깊이 박힌 소설 창작에 대한 고정관념 내지
소설관, 즉 소설을 쓰는 일은 살아 있는 아기를 펄펄 끓는

쇳물 속에 던져 넣어 삼라만상의 마음까지 스미는 소리를 만들었던 에밀레종의 공정과 정신을 닮아야 한다는 생각에서 벗어날 수 없었습니다.

소설을 쓰는 일은 둘째치고 저는 그곳에서 혀가 굳어지는 듯한 무서운 공포를 맛보았습니다. 자리를 옮겨 가면서부터 한국은 시공간적으로 아득히 멀어지고 몸을 담게 된 외국은 창밖으로 보이는 풍경에 지나지 않았습니다. 제 땅을 떠나자 언어가 힘을 잃고 실감을 잃어버리는, 따라서 자신의 실체감이나 살아가는 실감을 잃어버리는 것은 참 이상하고 무서운 경험이었고 저 자신이 얼마나 언어에, 즉 문학에 의존해 살아왔는가 하는 새삼스런 깨달음을 주기도 했습니다.

작가에게 있어서 유일한 수단이고 무기인 언어를 잃어버릴지도 모른다는 것은 제 땅과 언어를 떠나는 것에 대한 지나친 두려움 때문에 생긴 강박증이었을지도 모릅니다. 결국 소설을 한 편도 못 쓰고 남편과 치열하게 싸웠던 기억만을 지닌 채 피폐해져 돌아왔지요. 얼음을 녹일 때 불이 아닌 물을 사용해야 하는 것처럼 막힌 글은 글로써 싸우고 뚫고 나가야 하는 것이라고 생각하면서도, 소설에 대한 고민이 곧바로 소설을 쓰게 하는 것은 아니라는 것을 알면서도

 작가와 함께 대화로 읽는 소설 「별사」

제가 사용하는 언어에 대한 의심과, 소설이 뭐지? 무엇을 어떻게 써야 하지? 끊임없이 자문자답하며 소설쓰기가 아닌, '진짜 소설을 써야 한다'는 고민 속으로의 도피가 시작되었던 것입니다.

제 삶은 많은 부분 문학에 빚지고 있습니다. 성취 여부야 어떠했든지 간에 문학이 제게 커다란 보호막이 되어주었고 힘이 되어주었고, 삶에 필요한 긴장도 성찰도 읽고 쓰는 일로써 가능했으며 감히 구원이 되었다고 말씀드릴 수 있습니다. 인간적인 결함은 문학하는 사람의 독특한 개성으로 미화되었고 여러 방면의 무능력은 외골수의 재능으로 양해되었으며, '작가로서의 생활'을 내세워 많은 의무와 요구에서 비켜설 수 있었습니다.

생각하면 문학과 저와의 관계는 평생에 걸친 애달픈 짝사랑이 아닌가 싶습니다. 밥과 법, 맛과 멋, 닻과 덫, 님과 남 따위 유사한 자모음의 조립으로 하는 단어 장난이 있는데 음가의 유사성을 가졌으되 상치되는 의미로 흔히 쓰이는 그 말들이 제게는 하나의 뿌리로, 제 문학과 생활의 메타포로 받아들여집니다.

모든 사랑하는 관계가 다 그러하듯 문학은 내 안의 천국이고 지옥입니다. 돌이켜보면 작가인 저에게 상상력이라는 무한한 영토가 주어졌고 삶이라는, 이 세상이라는 엄청난 질료가 주어졌고 그 세계를 만들고 부수고 지배할 수 있는 권력이 주어졌는데 저는 단지 한 손안에 담을 것들만 주워 들고 전전긍긍 두려워하였구나 하는 자탄을 하기도 합니다. 한 단어 한 단어가 이어져 문장을 이루고 그것이 정신의 결정체가 되고 보이지 않는 것들에 형체를 주며 전달이 되고 타인과 공유하는 어떤 것이 된다는 것이 신기하고, 문학을 생각할 때마다 남모를 기쁜 비밀을 지닌 듯 든든하고 행복했습니다.

저는 행복한 삶이라는 말보다 충만한 삶이라는 말을 좋아하고 그 충만함이 문학을 통해서 이루어지길 바랐습니다. 제가 가지 않은 어떠한 다른 길에 대한 선망도 동경도 없었고 능력조차도 없었다는 것은 드문 축복인 것 같습니다만 생각해보면 언제나 자신이 가장 큰 적이 아니었던가 싶습니다.

작은 성취에 연연해했으며 오랜 시간을 두고 해나가야 하는 일의 과정에서 있을 수 있고 있어야 하는 작은 실패를 지나치게 두려워하는 소심함이나 문학에 대한 외경심이 너무 큰 데서 오는 상대적인 자신의 왜소함에 너무 예민했던 점 등이 그것이지요.

작가에게는 자기만의 근원지, 고향이 있습니다. 그것은 실제의 곳이면서도 실제의 곳이 아닌, 어쩌면 지상에는 존재하지 않는 공간인지도 모릅니다. 박경리의 평사리, 박완서의 박적골 혹은 전후의 서울, 황석영의 삼포, 이인성의 미구, 김승옥의 무진, 멀리는 마르케스의 마콘도, 제임스 조이스의 더블린, 포크너의 요크나파토파 등등이지요. 그곳이 잃어버린 장원이든 저주받은 안뜰이든 영원한 미궁이자 죽음의 환유이면서 문학적 태생지가 아닐까 생각합니다.

제 문학적 공간이라면 인천의 중국인 거리와 30년 가까이 살고 있는 춘천입니다. 외지인들은 춘천의 안개와 눈꽃, 도시를 둘러싼 물의 아름다움에 대해 말하지만 사실 안개는 기관지염과 류머티즘을 유발시키며 온갖 오염물질로 가득 차 있습니다. 그 안에 사는 사람들은 쉽게 그것들의 아름다움이나 아련한 분위기를 말하지 않습니다. 안개의 몽환과 눈꽃과 물의 아름다움이 드러내고 숨기는 것, 품고 있는 것들, 그것들을 살아내는 사람들을 그리고 싶습니다. 어느 곳이든 아무리 작은 공간이라도 사람들이 어우러져 살아가는 곳은 모두 한 세상이고 큰 세상의 축소라고 생각합니다.

제대로 사람살이를 그릴 때 정치적·사회적 가치, 실존적 문제들이 다 직접적이든 간접적이든 실핏줄처럼 얽히게 마련입니다. 문제는 상상력과 통찰력이겠지요. 통찰력이 없는 상상이란 잡념에 지나지 않는다고 합니다. 통찰력을 갖기 위해서는 삶에 대한 성숙한 의식이 있어야 하고 성숙한 의식이란 또한 깊이 살아내기, 상식과 통념, 상투성을 깨고 뒤집어보는 물음과 시선, 본질에 대한 궁구가 따라야 하겠지요.

　여담입니다만, 얼마 전에 화장품 회사 사장님을 만난 적이 있습니다. 그분이 제게 물으셨습니다.

"요즘은 어떤 걸 쓰고 계십니까?"

"제대로 쓰기나 하나요."

"그래도 열심히 쓰셔야죠. 이제 나이도 있으시니 얼마큼 관심을 갖고 성의를 갖느냐에 따라 천지 차이가 납니다. 포기하지 마세요…."

"그러게 말예요. 시간이 얼마나 남아 있다고…."

"이런 거 부지런히 쓰세요. 봄철에 자칫 방심하면 피부가 엉망이 되어버립니다."

그분이 주시는 화장품을 받으면서 비로소 저는 그분은 화장품 얘기를 하시고 저는 글쓰는 얘기를 하고 있다는 것을 알았습니다. 매일매일 수많은 물건들을 쓰고 도구를 사용하는 제게 '쓰기'란 단지 '글쓰기'만을 뜻하는 것이었으니 참 깊고 오랜 중독이구나, 더 이상 도망갈 길이 없구나 싶어 쓴웃음이 나왔습니다.

사람들이 저마다의 필요와 요구에 의해, 자기가 가진 창을 통해 세상을 보고 이해한다는 것, 새들은 저마다 제 이름을 부르며 노래한다는 것 등을 떠올리면서 동문서답의 아이러니, 그 기묘한 소통에, 문학을 통해 자랐고 배웠고 살아가려는 저 또한 어느 면의 눈먼 자가 아닌가 하는 생각을 해보았습니다.

끝으로 연전에 타계하신 시인 김구용 선생님의 전집을 내며 그분을 대신하여 부인 되시는 분이 쓰신 인사말이 문학과 문학하는 사람들의 꿈을 보여주는, 깊이 마음에 와 닿는 아름다운 글이기에 여러분께 들려드리는 것으로 두서없는 이야기를 끝맺으려 합니다.

그가 지금 전처럼 글을 쓸 수 있다면 무엇이라 인사말을 쓸 것인가 생각해 본다. 그가 쓰고 싶은 생각, 하고 싶은 말은 전부 그의 글 속에 들어 있을 것이다.

그는 처음부터 끝까지 문학으로써 산 사람인가 한다. 그러한 그를 지켜보면서 괴로움과 슬픔을 잊어버렸다. 그 힘들고 어려운 과제를 두 손으로 치켜 올려 좀 더 아름다운 평화와 이상을 만들어내보려고 애쓰던 그 점을 높이 평가해주고 싶다.

그가 고민하고 노력하며 제시하려고 한 그 고통이 많은 사람들에게서 받은 사랑에 보답하고 또 그가 지은 모든 과오를 감소해볼 수 있으면 하고 바랄 뿐이다.

긴 시간 두서없는 이야기를 경청해주셔서 감사합니다.

김동리 선생님
─ 슬하 30년

김동리 선생님 곁에서 보낸 세월은 1966년 봄부터 타계하신 1995년까지이니 꼭 30년이 된다. 그 중 4년은 문창과 학생으로, 1년은 조교로, 서라벌예대가 중앙대학교로 병합되어 중앙대 예술대학장으로 계실 때는 학장실 근무자로 1년을 있었으니 근 6년을 아주 가까운 자리에 있었던 셈이다.

30년이란 세월은 갓난아기가 자라 장부가 되고 젊은 사람이 늙어 가기에 족한 긴 시간인데 이상하게도 내게 선생님의 모습은 처음 뵈었을 50세 무렵이나 돌아가실 무렵인 80세에 이르기까지 변함이 거의 없다.

젊으셨을 적 사진을 유심히 보기도 했으나 머리숱이 좀 적어졌다든가 하는 미미한 차이가 보일 뿐이다. 일찌감치 인생이나 우주의 비의를 알아버려 더 이상 젊을 일도 늙을 일도 없어져버린 분 같았다. 선생님의 장담대로 120세까지 사신다 해도 그 모습 그대로였을 것이다. 나만 그렇게 생각하는 것이 아닌 것이, 주변의 분들로부터 선생님의 불로(不老) 비결이 무엇일까 하는 말씀을 들은 적이 여러 번이었다. 도가에서 전해 오는 불로장생법을 아신다거나 요가를 하신다거나 하는 얘기도 들었다.

학장실에 근무할 때 출근하면 간혹 선생님께서 요가의 한 자세로 벽에 딱 붙어 물구나무를 하시는 것을 볼 때가 있었다. 선생님은 피가 몰려 새빨개진 얼굴로 내게 이제 오나 하셨지만 나는 거꾸로 서 계신 선생님의 얼굴을 내려다보며 인사하는 일이 어려워 쩔쩔매기도 했었다.

선생님께서는 대학 2학년생이던 풋내 가득한 나를 등단시켜주신 분이고 결혼식의 주례를 서주셨고 첫아이를 낳았을 때는 그 아이의 이름을 지어주셨다. 내 인생의 중요한 일마다 이끌어주셨건만 조곤조곤 가르침을 주시거나 대화를 나누었던 기억은 거의 없다.

한밤중 선생님께서 돌아가셨다는 전화를 받으면서 느닷없이 떠오른 모습은 서라벌예대 시절 강의실에서의 모습도, 긴 병상에 누워 계시던 모습도 아니었다. 양복 윗도리 윗주머니에 그 흔한 풀들을 잔뜩 꽂고 노래를 부르시던 모습과 정신을 놓으시기 전 마지막 뵈었을 때 자작시를 들려주시던 모습이었다.

1986년 초가을로 기억되는 어느 날, 나는 뜻밖의 선생님의 전화를 받고 달려 나갔다. 춘천으로 들어오는 초입의 삼천리 호텔에서 문학인들의 심포지엄이 있어 모윤숙 선생님과 최정희 선생님과 함께 춘천에 오셨던 것이다. 모 선생님께서 몸이 많이 불편하셔서 세 분 선생님께서는 근처 산장으로 자리를 옮기셨다. 산장은 과수원을 겸하고 있어서 풀과 나무, 오솔길과 산비탈이 한껏 전원 풍경을 이루고 있었다.

그분들은 모처럼 소풍 나온 세 동무 같았다. 과수원 깊숙이 자리 잡은 산장의 따뜻한 방에 모 선생님은 편히 누우시고 두 분 선생님께서는 앉아서 이런저런 옛날 일들과 전쟁 중에 겪은 고초를 이야기하시다가 누구를 비판하는 이야기도 자연스레 나왔다. "시끄럽다. 없는 사람 얘기하지 마라." 선생님께서는 한마디 하시고 예의 그 땡감 씹은 표정을 지으며 밖으로 나가셨다.

한참 만에 돌아오신 선생님의 양복저고리 윗주머니에는 풀이 잔뜩 꽂혀 있었다. 약초도, 희귀한 식물도 아닌 그냥 흔히 널린 잡초였다. 선생님 표현대로라면 그냥 퍼어런 것,

그냥 슬프고 기쁘고 가슴 에이는 것… 여느 사람이라면 흔하디흔해서 무심히 지나치는 풀이 신기하고 좋아서 어린애들처럼 그것들을 꺾어 드셨던 것이다. 그러고는 방 앞에 서서 하늘과 낮은 산들을 보며 뒷짐을 지고 노래를 부르셨다. 감흥을 주체하지 못해 몸을 흔들며 뻑뻑하기 그지 없는 음성으로. 나는 한참을 듣고서야 그것이 「먼 산타루치아」인 줄 알았다.

　내가 작가가 되기 위해서 서라벌예대 문예창작과로 진학한 큰 이유 중의 하나는 그 학교에 「무녀도」「등신불」의 작가 김동리가 계시다는 것이었다.

　1966년 유난히 춥고 바람이 사나웠던 것으로 기억되는 봄, 그때까지 내게는 유행가 속의 지명일 뿐이었던 미아리 고개를 넘어, 오직 작가가 되고 싶다는 꿈만으로 내디딘 그곳 돌산 아래의 캠퍼스에서 선생님을 처음 뵈었다. 지금은 고등학교 교사로 쓰인다는 그 언덕배기 본관 건물의 왼쪽 끝 넓은 4강의실 풍경이 눈앞에 생생하다.

　첫 강의 시간에 검정색 양복을 입으신, 키가 자그마하고 이마가 유난히 훤하신 분이 들어오셨다. 김동리, 김동리 하던 수군거림이 딱 멎고 강의실 안에 긴장감이 흘렀다. 대부분의 학생들처럼 '작가' 의 실제 모습을 처음 보는 나 역시 '저분이 정말 무녀도, 역마, 황토기를 쓰신 분인가' 하는 외경과 신기함으로 가슴이 뛰었다. 그러면서도 몇 번이나 거듭 읽으며 가슴 저려하던 소설의 작가와 실제 앞에 계신 분의 인상이 좀체 겹쳐지지 않아 어리둥절하고 조금은 비현실감에 사로잡히기도 했다.

사춘기 시절부터 선생님의 소설들을 읽으며 가졌던 '무언가 다른 분' 일 거라는 생각은 실제 선생님의 가르침을 받고 졸업 후 조교 노릇, 또한 이러저러한 일들로 선생님의 면모를 접하면서 일생을 두고 변치 않게 되었다. 여느 사람과도 여느 작가들과도 다른 크고 비범한 면모를 지닌 분이셨다. 선생님께서는 첫 시간에 '남상(濫觴)' 에 대해서 설명하셨던 것으로 기억된다. 되돌아보면 그 시간이 내게는 '소설의 남상' 이었던 것이다.

매주 월요일 두 시간 연속되는 소설론 강의, 10분의 휴식 시간 후에 이어지는 소설 실기 시간. 미래의 대문호들은 부지런히, 겁도 없이 소설을 써서 내고 선생님께서는 그 작품들을 목청 좋은 남학생을 호명하여 읽도록 시키셨다. 지금처럼 복사물을 만들어 사전에 읽어 오도록 하는 시절이 아니었기에 80매에서 100매까지 되는 원고지에 송곳으로 구명을 내어 끈으로 묶은 두툼한 부피의 소설을 우리는 한 시간 이상 꼼짝없이 귀를 세우고 들어야 했다.

선생님께서는 강단 귀퉁이에 놓인 의자에 눈을 감고 앉아 계셨다. 혹시 주무시는 게 아닌가 민망하고 걱정이 되기도 했다. 햇내기 문청들인 우리가 동급생의 작품을 가차 없이 물고 뜯고 한바탕 찢어발겨 그 작자를 한없는 절망의 구렁텅이에 빠뜨리고 난 뒤에야 선생님께서는 비로소 잠을 깬 늙은 사자처럼 천천히 눈을 뜨셨다. 손바닥으로 마른세수 하듯 얼굴을 문지르고 몸을 일으키시며 "그게 말이라…" 말씀을 시작하셨다. 선생님은 정말 늙은 사자처럼 얼마나 노련하신가.

작품의 아주 미세한 부분도, 우리들이 중구난방으로 떠들어댄 말들도 하나도 빠짐없이 기억하셨고 정확하고 날카로운 평을 하시면서도 그것이 어린 제자의 마음을 다치거나 자존심에 상처 받는 일이 없도록 하셨다.

"남자가 여자의 다리를 휘감았다고 했는데 말이야, 이렇게 왼쪽 다리로 그랬나, 오른쪽 다리로 그랬나?"

우리들의 앞에서 당신의 오른쪽 왼쪽 다리로 소설 속의 장면을 실연해 보이시면서 묘사와 관찰의 정확성을 강조하셨다. 선생님의 말씀을 듣고서야 그 작품의 윤곽이나 구조,

장점과 단점이 확연히 보였기에 우리들은 곧잘 귀신이다 하며 감탄하기도 했다.

"본래 인간이라는 게 말야" 혹은 "그 상황에서 사람의 심리가 그런 식으로 움직이지 않지" 등의 말씀으로 인간과 세상을 아주 미세한 부분부터 전체적으로 통찰하는 시각과 방법까지 가르치셨고 그러한 것들이 은연중에 우리에게 얼마나 큰 배움이 되었는지.

나는 1학년 가을에야 제목도 짓지 못한 소설 한 편을 간신히 제출했는데 선생님께서 그것을 기억하셨던가 보았다 (하긴 선생님이 기억하지 못하시는 게 어디 있겠는가. 그 천재적인 기억력!).

종강 무렵, 지나치는 말씀처럼 "신춘문예 안 하나?" 하셨다. 단지 그 한마디뿐이었지만 그 말씀은 '아직 멀었다. 내가 어떻게 작가가 되랴. 가당찮다'고 생각하면서도 이듬해 절망과 자포자기에서 헤어날 길이 없을 때 문득 나를 일으켜 세운 힘이 되었다.

신춘문예에 당선하고 신당동 댁으로 세배를 갔었을 때 심사위원이셨던 선생님께서는 의례적인 한마디 칭찬도 없이 "네가 앞으로 소설을 잘 쓸 것 같아 내가 우겼다"라고만 하셨다. 그게 얼마만한 무게의 말씀이신지 당시에는 잘 몰랐다.

그후 여전히 소설 쓰기에 겁내고 내칠성이 없어 전전긍긍하는 내게 선생님께서는 그렇게 옛날 여자 같아서 어찌 금시발복을 하겠는가 하시며 소극적인 성격을 못마땅해하셨지만 "그래도 틀어박히는 재주 하나는 기막힌 것 같으니 그것도 글쓰기에 도움이 될 거라, 글을 쓰고 살 운명이다"라는 말씀으로 독려하기도 하셨다. 결혼을 하려할 때는 "너는 적응력이 많으니 어떤 남자, 어떤 환경에서도 잘 살거라"는 말씀으로 또 다른 시작 앞에서 두려워하는 나를 축복해주셨다.

결혼 전 남편 될 사람과 함께 선생님을 찾아뵈었을 때 "남편의 상이 맑아 네 마음 고생시킬 일은 없겠다"라는 확실한 말씀으로 안심시키셨고 남편에게는 "애 관상이나 사주가 자식 잘 낳고 남편 위하고 출세시킬 상이니 천하 보배를 얻은 줄 알고 아끼시오"하셨다. 나는 지금도 그 말씀을 쳐들어 남편에게 큰소리를 치곤 한다.

오래 전 어느 여름, 선생님 댁에 인사 갔다가 나오는 길이었다. 현관에서 가방이며 양산 따위를 챙겨 드는데 선생님께서는 물끄러미 뒷굽이 물러앉아 우그러지고 낡은 내

구두를 내려다보시더니 씁쓸한 표정으로 "전기밥솥은 있
나?" 하셨다. 구두 사 신을 경제적 여유가 없었던 것은 아니
었다. 몸치장에 별반 관심이 없는 데다 맞벌이 부부로 바쁜
생활에 마음과 시간의 여유가 없었던 것이다. 하지만 선생
님께서는 당신의 마음으로는 언제나 어린 제자가 동동거리
며 구차하게 사는 모양으로 보여 언짢고 애처로우셨던 것
이다.

여러 해 전 겨울, 선생님 댁에서 식사를 하면서 홍어찜이
맛있다고 말했다. 선생님께서는 귀가 어두우셨다. 남편이
홍어찜을 좋아한다고 두 번쯤 그랬을 것이다. 한술 더 떠
조금 큰 소리로 내륙인 춘천 지방에서는 진짜 홍어를 맛보
기 어렵다고도 했다. 결국 댁에서 나올 때 나는 홍어찜이
든 봉지를 들고 나오게 되었고 스팀이 들어오는 객실 안에
서 그것이 상할까봐 승강구에 나와 두 시간 가까이 떨면서
돌아오던 기억이 떠올라 혼자 웃다가 불현듯 가슴이 멘다.

이제 선생님은 계시지 않는 것이다. 불쑥 아무 때나 찾아
뵙고 아무 얘기나 해도 듣는지 마는지 하시면서도 틀림없
이 다 들으시고 한마디씩 하시는 선생님, 못마땅하거나 마
음에 거슬린다 싶으면 아예 안 들은 척하시는 어린애 같은
면모. 안 계신 곳에서는 우리끼리 '추장' 이라고 부르며 낄

낄거렸던 우리 선생님. 그리고 언제나 손수 만들어주시던 그 달고 진하고 뜨거운 커피 맛!

오래 병상에 누워 계실 때 어쩌다 찾아뵐 때면 선생님이 얼마나 답답하실까, 얼마나 말씀을 하고 싶고 벌떡 일어나고 싶으실까 생각하며 아픈 마음에 눈물이 솟곤 했다.

오래 병상에 계셨지만 돌아가셨다는 것은 믿기지도 않았고 당연하지도 않았다. 나는 평소 당신께서 120세까지 살 거라고 자신 있게 하시던 말씀을 믿고 있었던 것일까. 정말 어느 날 갑자기 병석에 누우셨던 것처럼 어느 날 불현듯 "아주 긴 꿈을 꾸었지"하며 자리에서 일어나실 거라고 내심 믿고 있었을 것이다.

선생님께서는 결코 말씀을 많이 하시는 분이 아니셨다. 학교 일이나 다른 일들과의 관계에서 시시콜콜 따지고 캐고 몰아대는 모습을 뵌 적이 없다.

제자 사랑을 면전에서 표나게 드러내는 적은 없었지만 영양이 부실한 듯한 제자에게는 아무 말씀 없이 음식점에 데려가 기름진 음식을 먹이시고 생활 문제로 곤란을 받는 듯한 제자를 위해 이리저리 일자리를 얻어주려 애를 쓰시고 지면을 얻기 어려운 제자들에게는 힘닿는 데까지 손을 쓰시는 것을 선생님 곁에 가까이 있으면서 나는 늘 보아왔다.

스무 살에 처음 뵙고 삼십 년이 되기까지 내가 들은 말씀은 대체로 "소설 쓰나?" "괜찮다" "그럴 수도 있지만 대단한 거 아니다" 정도다. 내게 대해 하셨다는 "소설 잘 쓰는 애제자" "아주 문장이 좋고…" 등등의 말씀도 다른 사람들을 통해 들었다.

나는 선생님의 부음을 들으며 '선생님이 아니셨다면 내가 어찌 작가라는 이름을 달고 살아왔겠는가' 하며 울었다. 그 자잘하게 드러내지 않는 대범함 속의 사랑과 따뜻함, 갚을 길 없는 은혜를 받기만 했음을 아는 탓이었다.

점점 메마르고 약빨라져가는 세상에서 진정 크고 넉넉하고 편안한 큰 사람이 그리워질 때 조건도 단서도 구실도 없이 불쑥 찾아가 아무 긴장도 허물도 없이 주시는 대로 술 마시고 취하고 토하고 홍어찜 같은 것도 얻어 올 수 있는 어른이, 우리 선생님이 안 계시다는 것이 이렇게 쓸쓸하고 허전하고 슬프다.

'용장(勇將) 밑에 약졸(弱卒)없다'고, 우리는 얼마나 김동리 선생님의 제자라는 것을 자랑스러워하고 자부심을 가졌었던가.

선생님께서는 평생 쉬임 없이 소설을 쓰셨고 그로써 대

가가 되셨지만 많은 시를 남기기도 했다. 평생 지니셨던 시심(詩心)이 선생님 문학의 근원이었으리라. 그중 내가 특히 좋아하고 암송하는 시는, 서라벌예대에 입학하던 해 발표하신 단편 「송추에서」에 들어있는 「연」과 「세월」이다.

「연」은 '여제자와 선생'이라는 관계에서 발생한 사랑 이야기인데 아무리 사랑해도 하나가 될 수 없는, 그렇다고 그냥 귓전을 스쳐 가는 바람결같이 아무것도 아닐 수도 없는 사랑의 속성이나 본질, 혹은 사랑도 '나의 슬픔'일 뿐이라는 이 시에는 선생님께서 태생적으로 갖고 나와 평생 끌어안고 가신 인간의 근원적 고독과 슬픔이 짙게 배어 있다.

나무 그늘 얼룩진/ 가파른 길 위로/ 그대는 올라오고/ 나는 내려가고 있네
이승 저승 어느 승에고/ 내 밭 갈고 살제/ 밀 씨 보리 씨/뿌리는 대로/ 총총한 별
그대 내밭에/ 밀 씨를 뿌리면/ 내 그대 밭에/ 별을 훑고/ 아아, 그대와 나는/ 누군고
이제 여기서/ 그대 나를 찾으면/ 내가 차라리 외로운/ 연꽃일세
나무 그늘 얼룩진/ 가파른 길 위로/ 그대는 내려오고/ 나는 올라오고 있네

『현대문학』지를 교과서처럼 끼고 살았던 우리 문청들은 이 잡지에 실린 그 소설을 보고 '선생님이 여제자와 연애를 하시나' 하고 수군거렸던 기억이 난다. 언제나 덤덤하고 말씀도 없으신 선생님의 연애소설, 연애시가 그만큼 신기했던 것이다.

선생님의 마지막 육성은 내게 「세월」이라는 시로 남아 있다. 아마 1990년도 1월로 기억한다. 선생님을 중심으로 하여 이따끔씩 모이던 몇몇이 청담동 댁을 찾았다. 몇 가지 나물과 생선찜 등으로 차려진 선생님 댁의 상차림은 늘 비슷하여 친근하였다. 우리는 부엌과 잇닿은 식당 방에 앉아 음식을 먹으며 마냥 유쾌하게 떠들어대고 선생님께서는 우리들의 소란에는 아랑곳없이 부지런히 주방을 오가며 술을 데우고 나르셨다. 선생님의 방식대로 따끈하게 데운 정종 병 아구리를 분홍색 줄무늬의 작은 타월로 감싸쥐고 식탁에 둘러앉은 사람들의 잔을 일일이 채워주셨다. 그리고 "내 시 좀 들어봐라" 하시며, 눈을 지그시 감고 두 손으로 예의 그 분홍 타월을 비비 틀어 짜는 포즈로 서서 「세월」을 들려주셨다.

세월 가는 것이 아까워/ 아무 일도 못한다. 그것은/ 여행을 떠나기에도/ 사랑을 하기에도 아깝다/ 책을 읽거나/ 말을 건네기에도 아깝다/ 전화를 받고/ 손님을 맞고 하기에는/ 더욱 아깝다/ 아까워 세월을/ 아무것에도 쓸 수가/ 흘러가는 모든 순간을/ 앉아서 똑바로 지켜볼밖에/ 앉아서 지치면 누워서라도/ 누워서도 지치면/ 다시 일어나 술이라도 마실밖에/ 술은 마실수록 취하는 것/ 아무리 마셔도/ 취해 있어도 나는 그/ 달아나는 세월의 어느 한 순간도/ 놓치지 않는다/ 눈 지그시 감았어도/ 눈 딱 벌려 떴을 때처럼/ 달아나는 모든 순간을 지켜보는 것이/ 그냥 그렇게 지켜볼 뿐이라/ 가는구나 가는구나/ 그렇다 그냥 지켜볼 뿐이다

어느 날의 저녁 풍경

여느 때처럼 나는 부엌에서 저녁식사 준비를 하고 평소보다 일찍 귀가한 남편은 거실의 의자에 앉아 신문을 보고 있었다. 저녁 6시, 불을 켜기에는 이른 시간이었지만 햇살이 물러간 실내에는 물빛 같은 그늘이 밀려들고 있었다. 서쪽으로 난 부엌 창을 통해 불그레하게 노을이 깔리는 하늘과 바람이 잦아듦에 따라 해묵은 나무의 무성한 이파리들이 고요해지는 것이, 고단한 새들이 깃들 곳을 찾아 날아드는 것이 보였다.

밤과 낮이 서로 스미어 섞이고 번지는 해질녘이란 무엇인가. 빛과 어둠이, 현실과 환상이, 존재와 부재가, 이승과 저승의 경계가 흐려지고 무너지는 시각이 아닌가. 따라서 얼마든지 환상이 가능한 시각이 아닌가. 그래서 사람들은 하루 내내 옥죄고 있던 일상의 시간에서 잠시 비켜서서 인생에 대해 무언가를 사색하게 되는 것이다.

음악방송으로 다이얼을 고정시킨 라디오에서는 가벼운 고전음악이 흘러나오고 창밖 저만치 먼 곳에서는 이 도시로 들어오거나 떠나는 기차 소리가 들려오고 있었다.

적막하다면 적막하고 덤덤하다면 덤덤한 상황이었고 여느 때와 마찬가지로 아무런 일도 일어나지 않는, 똑같이 되풀이되는 평범한 저녁이었다.

쌀을 안치고 바삐 찬거리를 손질하던 나는 문득 일손을 멈추고 거실과 주방의 트인 공간을 일별하였다.

어두워지는 시각, 넓지 않은 한 공간에서 말없이 각자의 일을 하고 있는 우리들의 정황이 연극 무대 위의 한 장면이거나 오래된 흑백영화 화면 한 컷처럼 아득히 보이며 그와 함께 어떤 예상치 못했던 감정 즉 언젠가 훗날, 이 저녁의 정경이 나를 가슴 에이게 하고 울게 만들 것이라는 돌연하고 확실한 예감이 나를 사로잡았다.

또한 바로 이 순간이, 누리는 순간 이미 잃어버리는, 그래서 현재이면서도 그리움이라고 다분히 과거형으로 말할 수밖에 없는 안타까움의 실체라는 것도. 그것은 우리들의 앞날을 미리 보는 듯한, 나 자신이 이미 이승을 떠난 혼이 되어 떠돌며 내가 육신을 입고 살았던 집으로 돌아와 안타

깝고 그립고 정답게 안을 엿보는 듯한, 비현실감과 쓸쓸함
이기도 했다.

우리 둘 중 누군가 먼저 세상을 떠나 다시 만나거나 함께
할 수 없을 때 남겨진 사람이 진정으로 그리워하고 돌이키
고 싶어하게 되는 것은 뛸 듯이 기뻤던 일도 어떤 성취의
만족감도 아닌, 이러한 사소한 일상의 풍경들이 아닐까.

사랑이거나 정이거나 연민이라는 등 한마디로 표현하거
나 정의할 수 있는 것이 아닌, 아주 멀고 고달픈 길을 함께
걸어왔다는 느낌. 그것은 우리가 함께 해온 인생에 대한 총
체적인 느낌 같은 것인지도 모른다.

그 평범한 저녁은 오래 전, 어쩌면 태어나기 이전의 기억
과도 같았고 이 순간을 얻기 위해 허덕허덕 그 먼 길을 함
께 걸어왔는가 하는 탄식이기도 하였다.

우리의 존재는 서로에게 무엇이며 우리의 관계는 어떤
의미를 갖는 것일까. 오랜 세월, 부부라는 이름으로 한 묶
음이 되어 살아왔지만 그는 그의 시간을 살았고 나는 나의
시간을 살아왔을 뿐임을 알면서도, 종내 어딘가 모를 곳으
로 혼자 떠나야 한다는 것을 받아들여야 한다는 것을 알면
서도 그 물음은 둘이 나누는 대화 속에서, 보다 더 많이 혼
잣말 속에서 끈질기게 머리를 들곤 하였다.

부부 사이의 감정이란 평생을 함께 살아가는 사람들 사이에 어쩔 수 없이 겪게 되는 오욕칠정의 극단까지 시험하게 되는 시금석이기 때문인지도 모른다.

우리 부부는 결혼한 지 30년이 넘어 초로의 나이에 들어섰고 아이들이 일찍 떠나 이른바 빈 둥지가 된 지 오래다. 사는 숨 가쁨이 어느 정도 여유를 얻었다는 뜻일까, 아니면 앞으로의 날들이 지나온 날들에 비할바 없이 짧게 남아 있다는 가슴 서늘한 자각 때문일까. 나도 모르게 지난날을 더듬어보는 일이 더러 있다.

내가 결혼을 결심하게 된 이유 중에는 내가 태어나고 자란 가족의 울에서 그만 벗어나고 싶다는 것, 이 세상에 뿌리내리고 현실적 삶을 살고자 하는 안간힘도 있었다.

가정 안에서 외로움을 느낀다는 것은 심리적으로 가족과의 분리가 이루어졌다는 뜻도 될 것이다. 불투명하고 불안한 미래와 맞서 고통과 방황이 심했던 20대 후반, 결혼과 일은 막중한 과제였다. 사랑하는 사람과 함께하고 싶다는 욕망이 컸지만 솔직히 결혼에는 외로움이 해소되고 현실적 삶의 안전한 배수진이 되리라는 기대와 의미 부여도 없지 않았다.

그럼에도 불구하고 결혼식 날 아침의 그 이상하고 복잡

했던 심정을 기억한다. 뭔가 이렇게 결정된다는 것에 어리
둥절했고, 이 낯선 상황에서 달아나고 싶고, 이제껏의 모든
과정과 절차를 없었던 일로 하고 싶다는 충동이 스스로에
게 무서웠다.

대개의 신부들은 결혼식장에 들어가기 전 그 화사한 겉모
습과는 달리 어느 정도 불안감과 착잡한 심리적 갈등을 겪
는다. 결혼식 날 너무 좋아한다고 흉잡힐 정도로 활짝활짝
웃던 친구는 훗날, 너무 두렵고 불안해서 그렇게 웃을 수밖
에 없었다고 그때의 심정을 토로했다. 사랑의 이름으로 행
해지는 결혼이 이 험한 세상의 안전한 닻이자 자신의 존재
를 옭아매는 덫이라는 것을 모르지 않기 때문일 것이다.

대체로 동화는 아리따운 공주와 잘생기고 씩씩하고 고귀
한 신분의 왕자가 목숨을 건 시련과 모험 끝에 사랑의 승리
자가 되어 결혼하고 오래오래 행복하게 잘 살았다는 것으
로 결말을 맺는다.

그리고 현실의 젊은이들은 검은 머리 파뿌리 될 때까지
평생에 걸쳐 그 뒷이야기를 써야 하는 것이다. 아이를 낳는
고통을 겪고 이마에 땀을 흘려야 낟알을 얻어먹는 고단한
세월의 이야기들을.

신혼의 짧은 시간을 보내면 결혼이라는 게 이런 거구나,

누군가와 부부가 되어 함께 산다는 것이 이런 거구나, 이 사람과 평생을 함께 살아야 하는 거구나 하는 가슴 서늘한 느낌과 함께 결코 만만치 않은, 살아간다는 일에의 두려움과 긴장이 생기기 마련이다.

돌이켜보면 내 개인적인 경험으로는 30대가 가장 힘들었던 시기가 아니었나 싶다. 결혼생활의 쓴맛도 고달픔도 알게 되는 나이이면서 여성으로서의 정체성과 한 인간으로서의 실존적인 고뇌, 내게 남아 있는 가능성을 따지며 무엇을 새로이 시작할 수도 포기할 수도 없다는 초조함이 극도에 달했던 때였다.

내게 남아 있는 가능성은 아예 없는 것일까. 이게 다일까. 이게 인생인가. 안주하려는 욕망과 벗어나고자 하는 갈망이 팽팽히 길항하는 나이, 이른바 내적 방황이 심화되는 시기였다. 살아야 한다는 명제는 엄연했지만 바람 부는 빈들판에 홀로 서 있는 듯한 외로움과 상대방에 대한, 삶에 대한, 자신에 대한 환멸도 그에 못지않았다.

그러나 환(幻)을 멸(滅)한 자리에 비로소 명징함이, 본모습이 드러나는 게 아닌가. 자신에 대한 신비화를 벗어나야 비로소 세상의 타인의 삶의 신비가 보이는 것처럼.

아이들이 자라 성년이 되어 집을 떠나자 생물로서의 한

살이 의무를 끝낸 해방감과 함께 비로소 허옇게 머리 세어
가고 후줄근히 등 굽은 남편의 모습이 마주 보였다. 그 역
시 마찬가지였을 것이다. 아이들이 성인이 되고 더 이상의
보살핌을 필요로 하지 않게 되자 출산과 함께 부여되었던
엄마 아빠로서의 역할과 직분이 끝나고 처음 만났을 때처
럼 한 남자와 한 여자의 위치로 돌아가게 된 것이다.

그것은 이제껏 이어온 관계의 진실성을 성찰하면서, 서
로에 대한 마음과 감정에 정직해야 할 때가 되었다는 뜻이
기도 할 것이다.

처음 결혼을 결정할 때처럼, 우리가 계속 사랑하고 노력
하면서 남은 생을 함께 살아갈 것인가, 아니면 습관적이고
어떤 필요에 의해 마지못해 이어오던 관계를 이쯤에서 끝
내고 각자의 생을 자유롭게 살 것인가를 진지하게 논의할
수 있다면 그 이후의 삶은 훨씬 평화롭고 가치 있을 것이다.

사회적 관습, 변화에의 두려움, 경제적인 문제 등 여러
가지에 걸려 표면화하지는 않는다 하더라도 아이들을 기르
고 생활의 안정을 이루어야 한다는 공동의 목표가 이루어
지고 난 시점에 이르러 많은 부부들이 내심 그러한 갈등을
겪는 것일 게다.

미국의 인류학자 헬렌 피셔에 의하면, 일정 기간에 걸쳐

암수 한쌍이 새끼를 낳고 함께 키우는 동물은 전체 동물의 3퍼센트 정도에 불과한데 이렇게 짝짓기를 하는 동물도 대개 자식들을 완전히 키운 뒤에는 짝 관계를 청산한다고 한다.

이러한 행동, 즉 짝짓기에서부터 자식 키우기, 사랑의 종말은 각기 종족이 갖고 있는 고유의 DNA에 내포된 생화학적 변화에 기초하고 있으며 인간의 경우 그 주기는 대략 4년이라고 한다. 그의 주장대로라면 타인과 평생을 함께한다는 것은 생물학적 본성에 역행하는 것으로 극히 부자연스러운 일이며 그 부자연스러움을 지탱하기 위해 인간사회는 여러 법칙과 장치를 두고, 결혼에의 가치 부여와 미덕을 의식화시켰다는 결론이 나올 수 밖에 없다.

오래 전에 장기려 박사에 대한 글을 읽은 적이 있다. 그는 북한에서 살았던 젊은 시절, 어느 날 낮에 마당에서 빨래를 하고 있는 아내의 모습을 보며 불현듯 이 사랑이 영원하리라는 확신이 들었다고 한다.

그후 한국전쟁이 일어나 장기려 박사는 잠시 피신할 요량으로 가족들을 남겨둔 채 맏아들만 데리고 남쪽으로 나왔는데 그것이 남북으로 갈린 부부의 영이별이 되고 말았다. 그러나 이 사랑이 영원하리라는 한순간의 확신은 그를 평생 북의 아내를 그리워하며 독신으로 살면서 가난한 사람들을 위해 인술을 베푸는 성자의 삶으로 이끌었다.

북의 아내도 마찬가지였다. 40여 년이 지나 어려운 경로를 거쳐 애절한 사연들을 주고받게 되었지만 끝내 이승에서의 상봉은 이루지 못한 채 두 분 다 세상을 떠났다. 가벼이 만나고 쉽게 헤어지는 이 부박한 세태에 그 부부의 사랑은 전설이 되었다.

남녀가 만나 부부의 인연을 맺는다는 것이 결코 행복과 기쁨 그 자체만이라고는 할 수 없는, 시고 떫고 맵고 짠 신산한 생활이지만 때로는 유한한 우리 인생에 그렇게 '순간이 영원으로 이어지는' 지복으로 보상해주기도 하는가 보다.

넉넉함과 깐깐함

윤후명_ 소설가

춘천 효자동의 그 오동나무를 벗삼았던 집에서 남편과 나를 위한 술상을 보아놓고 부엌 아궁이 앞에 서서 연탄집게를 쳐든 그녀의 모습은 마치 '전갈'이 서툴고 겸연쩍게 집게발을 쳐든 것 같았다.

오정희(吳貞姬). 그녀에 대해서 말한다는 것은 마치 종교적 밀의(密意)를 말하는 것과 같다는 느낌이 든다. 나뿐만이 아니라 그녀를 아는 누구에게든 그런 느낌이 들 것으로 여겨진다. 그녀가 인간의, 누구보다도 가장 분명한 모습을 보여주고 있음에도 불구하고 그녀는 왜 항상 비의적(秘意的)으로만 보이는 것일까. 그런 뜻에서, 그녀는 가장 진솔

한 인간의 모습이 또한 가장 비의적인 모습임을 깨닫게 해 주기도 한다.

집에서나 직장(한때, 그녀는 직장을 가졌었다)에서나 그녀가 일하는 모습에서는 연금술사(鍊金術師)의 옆얼굴이 엿보인다. 한 획의 글씨를 쓰면서도 깊디 깊은 눈길로 금이 나올까를 살피고 있는 사람처럼 진지한 것이다. 이 진지성이 때로는 그녀를 대하는 사람으로 하여금 일응 경직된 자세를 갖게 하기도 하지만, 그것은 그녀의 꼼꼼한 성격 뒤에 거느린 그 넓은 오지랖을 못 보았을 때의 이야기다. 그러나, 그 넉넉한 오지랖을 보았다 하더라도 또 어찌할 것인가. 그녀의, 남에게는 한없이 넉넉한 반면 스스로에게는 한없이 깐깐한 그 고행(苦行) 앞에서.

그녀처럼 아무것도 꾸미려 하지 않는 사람도 드물 것이다. 그녀와 대화를 하고 있을라치면 그녀의 지나치게 솔직한 말에 듣고 있는 내가 별수없이 누추해지고 만다. 그것이 그녀의 결벽증이든, 철학이든 그런 그녀의 태도에서는 자기 자신을 속여서는 안 된다는 다짐이 깃들어 있음을 본다. 그런데, 그녀의 마음의 상태까지도 다 들을 수 있은 다음에 그녀를 다시 보는 느낌은 어떤 것인가. 불가사의하게도 그 것은 더욱 비밀스러운 존재 앞에 앉았다는 그런 느낌인 것이다.

　몇 번인가 불시에 그녀의 집을 찾은 적이 있다. 서울에
살 때의 성산동 집이나 서초동 집, 그리고 춘천으로 가서의
효자동 집. 서초동 집에서의 그녀는 마악 아들 정호(正瑚)
를 낳아 가지고 돌아와 누웠을 때였다.

　술김에, 아이를 낳은 그녀를 보러 간 이 야차(夜叉)를 맞
아 그녀는 모자리나처럼 부은 듯한 얼굴을 들며 부시시 일
어나 앉았다. 그 희미한 보살의 웃음에 야차는 그만 무색하
지 않을 수 없었다. 어떻게 그렇게 스스로의 고충을 뒤로
물리고 어처구니없는 야차에게 웃음의 자비를 베풀 수 있
단 말인가. 그리고 더군다나 그것이 꾸밈이 아니라 그녀의,
모든 가련한 인간에 대한 한결같은 마음임에랴.

　그녀의 한결같음에 나는 늘 외경을 느낀다. 삶에 있어서
나 문학에 있어서나 그녀는 간절하고도 한결같은 태도를
결코 잃지 않는다. 잃지 않는 게 아니라 바로 그것이 그녀
자체라고도 할 수 있다.

　내가 어떤 불행을 겪고 있을 무렵 그녀가 내 직장으로 찾
아와 준 적이 있다. 여름이었다. 나는 대낮이건만 다짜고짜
그녀를 끌다시피해서 허름한 술집으로 들어가 앉았다. 그
리고 나의 비행(非行)과 세상의 비행 따위에 대해 되지도

않는 횡설수설을 늘어놓았다.

그녀는, 불행을 가엾어 하는 참담한 모습으로 시종 귀를 기울여 들어 주었다. 그녀로 하여금 제대로 피우지도 못하는 담배에 어거지로 불을 당기게 하면서 나는 저녁 무렵까지 그녀를 붙잡아 앉히고 있었다. 남의 이야기를 자신의 이야기처럼 아프게 들어 줄 수 있는 능력만큼 더 훌륭한 능력이 없음을 나는 그때 알았다.

그날의 이야기의 어느 어간에 나는 소설을 쓰고 싶다는 말도 한 것 같다. 그래서일까, 그해 말에 내게 소설가로 등록할 수 있게 되었다는 소식이 전해졌을 때, 나는 그녀에게 시외전화를 걸었었다. 축하해 주십시오, 하고.

얼핏 대하기에 그녀는 매우 고즈넉한 모습을 지니고 있다. 하지만 그런 그녀에게서 나는, 작품과는 상관없이, 「불의 강(江)」이라는 작품 제명을 생각하고자 한다. 물론 '불의 강' 이라는 말로는 그녀가 쉽게 표상되지 않는 것도 사실이다.

왜냐하면 그녀의 하나의 모습은, 이를테면, 온갖 혼돈과 미란 속에서 한 송이 청렬한 넋 꽃을 피워내는 그런 것일 터이기 때문이다. 그러나 또한 나는 그녀의 내부에 흐르는

'불의 강'을 어떻게든 이야기하지 않으면 안 될 것이다.

어언 십 년 가까운 세월이 흘렀다. 나는 그녀와 어떤 출판사에서 함께 일한 적이 있었다. 겨울이면 그녀는 손수 짠 듯한 고동색의 긴 털실 목도리를 목은 물론 코, 입에까지 아랍 여인처럼 두르고 다녔는데, 그것은 천식 기운을 막게 하려는 의도를 가지고 있으면서 동시에 날렵한 차림 대신 그녀가 즐겨 택하는 그 '멋안부림'의 멋무림의 묘(妙)이기도 했다.

그런 날들에 내가 작취미성으로 겨울 냉수를 찾아 들락거릴 때면 그녀는 밤새워 글을 쓴 사람 혹은 밤을 새웠어도 글을 못 쓴 사람 특유의 얼굴로 한 잔의 아침 커피를 보약처럼 마시곤 했다. 그 무렵 그녀는 다시 시작하고 있었던 것이다. 그래서 저 「목련초(木蓮抄)」를 쓰고 나서 그녀는 말했다.

그저, 내게는 쓸 수 있었다는 것만이 중요해요. 말하자면 글을 쓸 수 없을까봐, 쓰지 못할까봐 꽤 오랫동안 심각한 위기 의식을 가졌었다는 말이 되는 것이다.

그녀는 이미 여학교 시절부터 문학에만 지존을 바친 여자였다. 황해도서 쫓겨 내려와 인천에서 얼마쯤 초등학교를 다니며 두려움과 호기심으로 '중국인 거리'를 지나다녔던 그녀가 서울에 와서 예전의 이름높은 명문 여학교 이화를 다녔으니 새삼스럽게 학교 성적이 어떠했는지를 따지고 들 필요는 없을 것이다. 그러한 그녀가 고등학교에 와서 내린 가장 중요하고 엄숙한 결정이 글을 쓰겠다는 것이었다.

어렸을 적부터의 내면의 욕구의 표출에 지나지 않는 것이겠지만, 거기에는 지나쳐 버릴 수 없는 하나의 영향이 있었다. 그녀의 가장 가까웠던 한 사람, 나중에 의사가 된 오빠가 소설을 쓰고 있었던 것이다. 여기에서 독극물(毒劇物)을 다루는 듯한, 왠지 음험한 장면들이 연상된다. 그녀는 혼자서 마치 죄라도 지은 듯이 문학만을 생각하면서 '외롭고 답답하게' 여학교를 마쳤다.

그리고 마침내 들어간 서라벌 예술대학 문예창작과. 들뜬 분위기 속에서도 그녀는 오로지 문학에만 모든 것을 걸었다. 그녀가 모든 것은 작품으로만 말할 수 있을 뿐이라는 진실을 배운 것도 그 무렵이었으리라 추측된다. 그리하여 2학년에 올라가는 1968년에, 이상하고 끈끈하고 불가해한 관계의 사랑을 다룬 소설 「완구점 여인(玩具店女人)」이 『중앙일보』 신춘문예에 당선됨으로써 어느결에 작가가 되고야 말았다.

숙명적인 일이었으나, 그 당선은 그녀에게 충격과 함께

또다른 자성(自省)의 늪에 빠지게 한 일이기도 했다. 그녀는 뜸뜸이, 그러나 주목받은 작품을 썼다. 그러면서 조심스럽게 모색했다. 그러니까, 「목련초」를 쓰면서 새롭게 시작했다고 했지만, 실은 그녀는 하나하나의 작품에서 모두 새로운 시작을 꿈꾸었다는 말이 된다.

작품이 머릿속에 들었을 때의 그녀는 재(灰)처럼 말이 없었다. 그럼으로써 그 재 속에 가장 뜨거운 불씨를 아무도 몰래 감추어 두기를 원했던 것일까. 그 뜨거운 불씨가 「불의 강」이 되어 흐르기까지 기다렸던 것일까.

어느 날 내 옆자리의 예민한 술친구 하나가 불쑥 말했다.

"오정희 눈에는 불이 들어 있어."

그가 그렇게 말해 주지 않았더라면 나는 아마도 아직까지 그녀의 눈 속에 깊이 깃들어 있는 어떤 정열, 어떤 의지에게 명료한 이름을 못 붙였을 것임에 틀림없다. 불!

적어도 그 불은 우리 모두에게 조금씩 남아 있어서 우리를 추하게 만드는 그 뜨뜻한 온기는 아닌 것이다. 그녀의 작품에서는 이상하리만큼 나타나지 않는 다른 하나의 세계, 그녀의 각별한 시대고(時代苦)의 정신을 그 불은 밝혀 보이고 있다.

그녀가 스스로를 지극히 평범한 여자라고 말하고 있음에

도 불구하고 결코 평범한 여자가 될 수 없는 까닭이 여기에 있다. 아니, 현실에서 그녀가 평범하다고 말하면 평범하다고 말할수록 역설적으로 그녀는 평범한 여자가 아님을 보여주는 셈이 된다.

남편과 아이들을 모두 잠재우고 한밤중에 그녀는 공책을 펴놓고 연필심을 뾰족하게 갈아 댄다. 그럴 때의 그녀는 평소의 그녀와는 달리 조금치의 양보도 용납지 못한다. 화형(火刑)이다. 초고를 쓰는 일을 끝내고 하나의 작품이 완성되기까지는 또 다른 화형이 기다리고 있다. 그런데 문제는 잡지사에 보내고 난 다음에도 그녀는 여전히 싸우고 있다는 것이다. 그래서 그녀는 춘천에서부터 아이를 들쳐업고 잡지사로 교정을 보러 와야만 한다.

불, 문학에의 열정. 나는 늘 그 순교자적인 자세에 고개 숙인다. 그리고 또한 늘 외로움과 답답함을 속임없이 자기 것으로 가지려 했던, 저 여학교 시절 이래의 정신의 고결성에 고개를 숙인다.

인용해서 어떨지 모르지만, 어떻게 하다보니 도무지 갈무리를 못 하는 내게 다음과 같은 두 통의 편지가 있다.

…여기 생활은 그저 그만저만 합니다. 일 년이 지나도록 말

한마디 나눌 사람을 사귀지 못해, 이것은 능력에 속하는 문제
일까 생각하며 고소를 합니다. 외롭고 답답하지만 그런대로
이런 생활에 익어가는 모양입니다…

　…부디 술, 담배 줄이시고 힘을 기르세요. 어수선하고, 또
여러 가지 의미의 폭력이 횡행하는 세상에서 정신력만으로
버틴다는 건 어렵지 않은가 하는 게 요즘의 생각입니다. …6
월 초순에 서울에 가보려고 작정했습니다만 연기되었던 소년
체전이 6월 10일경 열린다니 또 꼼짝 못 하게 생겼습니다. 일
주일 쯤 다른 지방 선수들이 집에서 숙식을 하게 되니까요.
친구들, 아는 사람도 하나 없는 이곳 생활이 때로는 힘들고
외롭고 답답하지만 또한 이러한 것들이 제게 힘이 되리라는
기대도 있습니다…

두 통의 편지는 남편이 강원대학 교수 자리에 앉기 위해
서울을 떠나게 되자 아들 정호를 데리고 춘천으로 뒤따라
가서 자리잡았던 무렵의 생활과 심경을 잘 말해 주고 있다.
두 통의 편지가 씌어진 날짜를 보니 1979년과 1980년, 그
러니까 그녀가 이상(李箱)문학상을 받았던 때를 앞뒤로 한
무렵이 된다.

그녀가 전혀 의식하고 쓰지는 않았을 터인데도 두 통의 편지에 똑같이 '외롭고 답답하지만'이라는 글귀가 있음을 나는 문득 발견한다. 남편의 고향 땅이기도 한 춘천에서 그녀는 '말 한마디 나눌 사람을 사귀지 못해' '고소'하고 있다. 왜 그랬던 것일까. 일찍이 고향을 떠나 객지 생활을 한 셈인 그녀가 남편의 고향 땅을 낯설고 물선 객지로만 받아들였을 리는 없으리라고 여겨진다. 어떤 의미로 그녀에게는 새로운 고향이 생긴 셈이었다. 하기야 그녀 스스로의 말처럼 그녀는 사람을 사귀는 데는 별로 '능력'이 없는지도 모른다.

그러나 이와 같은 유추는, 앞에서 말하기도 했듯이, 그녀에게는 아무런 쓸모가 없는 것임에 틀림없다. 왜냐하면 그녀 스스로 바로 이야기하고 있기 때문이다. 즉 '외롭고 답답하지만' 그것이 '힘이 되리라는 기대'를 가지고 있다고.

그녀에게 '힘'이란 두말할 것 없이 글 쓰는 힘일 터이다. 이처럼 그녀는 좋은 글을 얻을 수만 있다면 어떠한 외로움과 답답함이라도 감내할 사람이다. 아니, 좋은 글을 얻을 수 있기 위해서라면 오히려 외로움과 답답함을 제것으로 하고자 하는 사람이다. 그래서 그녀에게는 외로움과 답답함을 제것으로 삼은 사람의 참다운 빛이 어려 있음을 나는 본다.

　학교를 마친 뒤 그녀는 어떤 잡지사에서 잠시 일하게 되었는데, 여기서 내 친구의 친구인 협객(俠客) 박용수(朴龍壽)를 만났다. 두 사람의 만나서 결혼하게 되는 과정만큼 내 상상력의 빈곤을 일깨워 주는 것도 없다. 따라서 이 방면에서는, 그가 글을 두려워하고 또 그녀가 놀라울 정도의 의협심을 가졌다는 점만을 밝히고 물러서기로 한다.

— 제3세대 한국문학 ⑬『오정희』(삼성출판사)에서

「달과 6펜스」 끼고 가출한 여고생

1947년 11월 9일. 서울 사직동에서 아버지 오성환과 어머니 고숙녀의 4남 4녀 중 다섯째로 태어났다. 부모는 그해 봄 황해도 해주에서 월남하여 아무런 생활 기반도 일가 친척도 없이 새로이 시작한 서울 살림에 몹시 어려움을 겪던 중이었다고 한다. 갓 낳았을 때부터 유난히 소리에 신경질적인 반응을 보이며 몹시 울어대어 애를 먹였다던가. 해서 어머니는 지금도 간혹 서너 살이 될 때까지 특히 다듬이질 소리나 망치질 따위 소리가 들리면 온몸을 구르며 우는 울음을 그치게 할 수 없어 미웠노라는 말씀을 하신다.

1951년 2월. 바로 밑의 동생을 임신하고 만삭이 가까운 어머니와 피난을 떠날 수 없어, 포격이 치열했던 서울에서 꼬박 견디던 가족들이 후퇴하는 국군을 따라 피난길에 올랐다. 남의 트럭을 얻어 타고 가다가 무작정 내린 곳이 충남 홍성군 홍주읍 오관리라는 마을이었고 그곳에서 본격적인 피난살이가 시작되었다.
남쪽에 뿌리가 없는 부모로서는 목숨을 부지할 수 있는 곳이라면 어느 곳이든 마찬가지였을 것이다. 피난길을 떠나기 전의 전쟁의 기억은 방공호

인천 신흥국민학교 3학년 시절 인천 송도에서(1956년).

 작가와 함께 대화로 읽는 소설 「별사」

속에 들어앉아 누군가 던져주던 과자봉지를 받던 것, 산산이 깨어진 유리 파편들, 양지바른 툇마루에 앉아 볶은 콩을 한 줌 들고 먹으며 울던 장면 따위로 남아 있다.

1954년 4월. 홍주국민학교에 입학했다. 부모가 장삿길을 떠돌아 집에 계시는 일이 드물어 외할머니와 함께 입학식에 갔다. 바람 사납고 흙먼지 날리는 날로 기억된다. 분홍색 인조견 치마에 노란 솜저고리를 입었는데 집에 돌아올 때까지 공포와 수치심, 불안감에서 헤어날 수가 없었다. 할머니는 내게 속옷 내주는 것을 잊었고 나는 할머니가 무서워 속옷이 없다는 말을 할 수 없어 결국 홑치마를 입었던 것이다. 바람에 치마가 뒤집히면 나는 그냥 죽어 버리겠다!라는 생각만 하면서.

1955년 4월. 근 다섯 해에 걸친 오관리의 피난 생활을 정리, 인천으로 이주했다. 자유 공원 아래 조그만 일본식 집에서 살게 되었고 나는 신흥 국민학교 2학년으로 전학했다. 바로 이웃 언덕바지에 중국인들이 모여 사는 동네가 있고 공원 아래 동네에는 집집마다 예쁜 양공주들이 세들어 살았다. 송곳날 같은 하이힐과 플레어 스커트를 구름처럼 떠받치는 페티코

인천 신흥국민학교 3학년 12반 담임선생님과 친구들(오른쪽 끝 선생님에게 안겨 있는 나).

트, 짙은 화장의 그네들의 삶은 이국적인 정취와 함께 아름답고 화려하고 은성해 보였다.

이 무렵 나는 고아가 되고 싶어서, 자유롭고 싶어서 무작정 가출해 인천 항에 정박해 있는 배의 선실에 숨어 있다가 하루만에 잡혔다.

1956년 책읽기에 재미를 들여 신문 연재소설부터 야담류에 이르기까지 닥치는 대로 책을 읽어 대기 시작했다. 국민학교 3학년 가을 경기도내 백일장에서 「오늘 아침」이라는 산문으로 특선을 받고 소설가가 되리라는 소망을 품게 되었다. 생애 최초로 받은 인정이었고 달리 칭찬받을 재주가 전무했기 때문인 탓도 있었을 것이다.

1959년 5월. 아버지의 전근으로 가족들이 서울로 이주했다. 마포구 신수동 마당이 넓은 집에 자리잡고 수송국민학교 6학년에 전학했다. 입시 경쟁이 치열하던 때여서 밤낮없이 과외 공부에 휘둘리고 밤샘 공부도 예사로웠지만 무슨 멋이었는지 가방 속에 『이해와 오해』니 『짜라투스트라는 이렇게 말했다』『황야의 이리』 따위의 대학생 오빠 책을 몰래 넣고 다녔다. 이광수와 김동인, 박화성, 최정희, 황순원의 장편 소설들을 읽고 전후 작가들의 소설들을 접하기 시작한 때였을 것이다.

1960년 이화여중에 입학, 학급에서도 1번이었지만 126센티에 19킬로 그램으로 전학년에서 아마 가장 작은 축에 들지 않았나 싶다. 정구 코치 선생님이 아버지의 옛친구 분이셨던 관계로, 체격적 조건이 운동 선수로서는 어림없었지만 특별히 청을 넣어 정구부에 들어갔다. 아버지는, 몸이 약하니 운동을 하라고 하셨지만 실은 문학을 하겠다고 나설 것이 싫었기 때문이라고 나중에 실토하셨다.

운동 선수로 착실히 기량을 닦으면 고교 졸업 후 곧바로 은행에 취업할 수 있다는 것을 염두에 두셨던 것이다. 형편이 넉넉지 않고 형제가 많은 집안에서 생각할 수 있는 가장 현실적인 방안이었다.

어쨌거나 죽어라 하고 라켓만 휘두른 세월이었다. 새벽부터 밤까지 운동장에서 살면서 정구를 치고 방학이면 전지 훈련을 하면서 3학년 때에는 주전 선수가 되었다. 코치 선생님으로부터 운동 선수로서의 근성, 승부욕이 강하다는 칭찬을 들었던 기억이 있다.

이화여고 2학년 때 개교기념일 축제의 가장행렬(오른쪽 갓쓴 학생이 나).

책읽는 취미는 여전하여 합숙소에서나 정구 코트의 벤치에 앉아 짬짬이 소설책을 읽고 30, 40매 정도의 짧은 소설들을 써보기도 했다. 덕분에 '개똥철학자' 따위의 비아냥섞인 별명을 얻었다. 그러나 운동 선수의 동계 진학 특전 제도가 없어져 고교 입시에 실패한 선배들을 보자 정신이 버쩍 들었다. 운동 선수로 입신하는 것이 나의 길은 아니라는 자각이었다. 중3 늦가을 선수 생활을 그만두고 입시 공부에 매달렸다. 중학교 3년간의 운동부 생활은 어려움이 많았지만 일생 어느 때보다도 귀중한 것이 아니었나 싶다. 몸의 건강을 얻었고 타인을 이해하는 것, 더불어 살아가야 하는 인간 관계의 질서와 배려를 이 시절에 배웠던 듯하다.

1963년 이화여고에 입학을 한 후, 학교 분위기에도 적응이 어렵고 공부에도 뜻이 없어 결석과 조퇴를 밥 먹듯이 하며 책가방을 든 채로 혼자 교외선을 타고 돌아다니는 일이 많았다. 닥치는 대로 책을 읽으며 심한 문학병을 앓았다. 어른이 된 후에도, 아니 지금까지도 그 시절을 떠올리는 일은 쓰라리고 기억도 선명치 못하다. 인생 따위는 아무래도 좋았다. 나는 다만 소설을 읽고 쓰는 사람이 되고 싶었다.

이화여고 1학년 때 등록금을 들고 무작정 또 집을 나갔다. 문학소녀였던 나는 가정과 학교생활은 너무 시시해 보였고 하루빨리 박차고 나와야 할 어떤 것들로 보였다.

가출의 직접적인 도화선이 된 것은 서머싯 몸의 『달과 6펜스』였다. 다시는 되돌아오지 않으리라는 비장한 각오로 떠나간 길에 『달과 6펜스』를 가방에 챙겨넣었다. 『달과 6펜스』에는 영국 중산층 가정의 나무랄 데 없는 가장이자 주식중개인인 스트릭랜드가 등장한다. 어느 날 갑자기 처자식에게 일방적으로 결별을 선언하고 파리로 잠적해 싸구려 여관을 전전하는 그는 자신의 일탈을 두마디로 설명한다. "그림을 그리고 싶어서, 그림을 그리지 않고는 배길 수 없어서."

스트릭랜드에게서 예술가의 근원적인 꿈을 본 나는 경기도 양평군 마룡리의 용문산 아래 민박집에서 한 달여를 보냈다. 주인집 언니의 주선으로 춘천의 어느 병원 보조 간호사 일을 하기 위해 떠나기 직전 붙잡히는 바람에 귀가했지만 당시 읽은 작품들은 문학 인식의 기본틀을 만드는 데 적지 않은 영향을 미쳤다.

1966년 서라벌 예술대학 문예창작과에 입학을 했다. 김동리, 서정주, 박목월 선생님들이 계셨고 후에 짧은 기간이었지만 김수영, 김현 선생님의 강의도 들었다. 선배로는 이동하, 김형영, 또래로는 이경자, 윤정모, 김민숙, 송기원, 이시영 등이 이 시절, 한 울타리 안에서 만난 사람들이었다. 몇 편의 소설을 써보기도 하고 문학하는 삶의 어려움 따위를 어렴풋이 알게 되었지만 내겐 그 어려운 삶을 감당할 재능도 광기도 없다는 생각에 괴로워했다. 고개를 숙이고 발 밑만을 보고 다니는 내게 '전도사'라는 별명이 붙어다녔다.

1968년 『중앙일보』 신춘문예에 단편 소설 「완구점 여인」이 당선되어 문단에 등단하다.

1969년 「주자(走者)」(『월간문학』 9월호)를 발표하다.

1970년 서라벌 예술대학 문예창작과 졸업, 조교로 근무하다. 「산조(散調)」(『월간중앙』 6월호), 「직녀(織女)」(『월간문학』 10월호)를 발표하다.

모교 서라벌예대 '문학의 밤'에 동문으로 초청되어 작품을 낭송하고 있는 나. 오른쪽은 안수길 선생(1971년 5월).

1974년 4월 7일 서울 프레스센터에서 올린 결혼식.

남편 박용수의 서울대 대학원 졸업식장에서(1997년 2월).

1971년~73년 잡지사, 출판사 등지로 직장을 전전하다. 「번제(燔祭)」(『월간문학』 71년 9월호), 「관계」(『현대문학』 73년 3월호), 「봄날」(『문학사상』 73년 6월호)을 발표하다.

1974년 4월 7일 서울 프레스센터에서 결혼식을 올리다.

1975년 「목련초(木蓮抄)」(『문학사상』 5월호)를 발표하다.

1976년 「적요(寂寥)」(『문학사상』 2월호), 「야곱의 꿈」(『세대』), 「안개의 둑」(『뿌리깊은나무』 10월호)을 발표하다.

1977년 「미명(未明)」(『문학과 지성』 봄호), 「불의 강」(『문학사상』 5월호)을 발표 후 창작집 『불의 강』을 문학과 지성사에서 펴내다. 첫아이 정호(正瑚)출생하다.

1978년 4월 강원대학교 사회학과 전임 강사로 임용된 남편(박용수)을 따라 춘천으로 이주하다. 「꿈꾸는 새」(『뿌리깊은나무』 8월호)를 발표하다. 춘천으로 이사해 30년째 살고 있으니 양평에서 춘천에 이르는 북한강 물길은 오정희의 문학적 인생을 상징하는 기호이기도 하다.
"외지인들은 춘천의 안개와 눈꽃, 도시를 둘러싼 물의 아름다움에 대해 말하지만 그 안에 사는 사람들은 쉽게 그것들의 아름다움이나 아련한 분위기를 말하지 않습니다. 안개의 몽환과 눈꽃과 물의 아름다움이 드러내고 숨기는 것, 품고 있는 것들, 그것을 살아내는 사람들을 그리고 싶었습니다."

1979년 「저녁의 게임」(『문학사상』 1월호), 「중국인 거리」(『문학과 지성』 봄호), 「비어 있는 들」(『문학사상』 11월호)을 발표 후 「저녁의 게임」으로 제3회 이상문학상을 수상하고, 딸 정기(正基)가 태어나다.

1980년 「어둠의 집」(『뿌리깊은나무』 3월호), 「겨울 뜸부기」(『문예중앙』), 「유년의 뜰」(『문학사상』 8월호)을 발표하다.

1981년 「별사(別辭)」(『문학사상』), 「야회(夜會)」(『세계의 문학』 겨울호), 「인어」(『소설문학』 12월호)를 발표한 후 두 번째 창작집 『유년의 뜰』을 문학과 지성사에서 펴내다.

이상문학상 수상식(왼쪽은 평론가 백철).

이상문학상 수상식 후 시인 김구영 선생과 함께.

 작가와 함께 대화로 읽는 소설 「별사」

춘천의 젖줄 소양댐이 만들어질 때 유원지 중도가 조성되었다. 중도로 가는 의암호 배 안에서.

1982년 「동경(銅鏡)」(『현대문학』 4월호), 「바람의 넋」(『중앙일보』 4~6
월호 중편 연재), 「하지(夏至)」(『월간조선』 12월호)를 발표 후 「동경」으로
제15회 동인문학상을 수상하다.

1983년 「멀고 먼 저 북방에」(『주부생활』), 「전갈」(『문학사상』), 「불망비
(不忘碑)」(『문예중앙』 봄호), 「지금은 고요할 때」(『세계의 문학』 가을호),
「순례자의 노래」(『문학사상』 10월호)를 발표하다.

1984년 「새벽별」(『학원』)을 발표 후 8월 뉴욕 주립대 교환 교수로 나가
는 남편을 따라 가족 모두 뉴욕 주 얼바인 시로 이주하다.

1982년 동인문학상 수상식(왼쪽은 소설가 김동리).

춘천의 중도에 있는 선사시대의 유적인 움집 앞에서 이제하와 함께.

1982년 10월, 스위스 취리히에 있는 토마스 만의 무덤에서 이문열, 서동훈과 함께.

1986년 캐나다 몬트리올 가족여행중 아들 정호와 딸 정기와 함께.

아들·딸과 서울 나들이.

귀국길에 로스앤젤레스 식물원을 찾아간 가족들(1986년 6월).

 작가와 함께 대화로 읽는 소설 「별사」

1986년 귀국. 세 번째 창작집 『바람의 넋』을 문학과 지성사에서 펴내고, 「불꽃놀이」(『세계의 문학』 겨울호)를 발표하다.

1987년 「그림자밟기」(『문예중앙』 여름호)를 발표하다.

1989년 「파로호」(『문예중앙』 봄호), 「저 언덕」(『레이디경향』 중편 분재)을 발표하다.

1990년 창작집 『야회』(나남출판사)를 펴내다.

1992년 「요셉 씨의 가족」(『샘이 깊은 물』)을 발표하다.

1993년 장편 동화집 『송이야, 문을 열면 아침이란다』(한양출판사)와 짧은 소설집 『술꾼의 아내』(작가정신사)를 펴내다.

1994년 「옛우물」(『문예중앙』 여름호)을 발표하고, 수필집 『허리 굽혀 절하는 뜻은』(창출판사)을 펴내다.

1995년 「새」(『동서문학』 봄호)를 발표하고, 창작집 『불꽃놀이』를 발간하다.

소설가 박경리 선생 자택(원주시 단구동)에서(1991년).

동서문학상 수상식 후 기념사진. 소설가 김원일(왼쪽)과 수필가 전숙희(오른쪽).

1996년 프랑스 한국문학포럼에서(왼쪽부터 박완서, 한 사람 건너 한말숙, 그리고 나).

 작가와 함께 대화로 읽는 소설 「별사」

1996년 중편 「구부러진 길 저쪽」을 발표 후 「구부러진 길 저쪽」으로 오영수문학상을 수상하였으며, 창작집 『불꽃놀이』로 동서문학상을 수상하다.

1998년 단편 「얼굴」을 발표하다. 모 일간지에서 문학평론가 33인을 대상으로 '한국문학 50년 최고의 작품 50' 설문조사를 실시한 결과 황순원, 이문열 등과 함께 가장 많은 작품(3개)이 선정되다.

2003년 독일에서 번역 출간된 『새』로 독일 프랑크푸르트에서 리베라투르문학상을 수상하다.

2006년 수필집 『내 마음의 무늬』(황금부엉이)와 민담집 『접동새 이야기』(이가서)를 펴내다.

2007년 『조선일보』 동인문학상 심사위원으로 위촉되다.

독일 리베라투르 문학상 시상식에서 주최측 캐스트너 선생과 함께(2003년, 프랑크푸르트).

작가와 함께 대화로 읽는 소설
오정희 • 별사(別辭)

2007년 10월 1일 초판 1쇄 인쇄
2007년 10월 5일 초판 1쇄 발행

지은이 __ 오정희·이태동
펴낸이 __ 정종진
펴낸곳 __ 지식더미

주 간 __ 장현규
기획·편집 __ 김선주 이정은 김수미
디자인 __ 김재경 정희철
마케팅 __ 김종렬 송은진
파는곳 __ 도서출판 성림
　　　　서울시 서초구 방배본동 766-34 덕성빌딩 3층
　　　　전화 02)534-3074~5 / 팩스 02)534-3076
　　　　E-Mail. wisejongjin@yahoo.co.kr
　　　　Homepage. www.sunglimbook.com
등록일자 __ 1989년 11월 21일
등록번호 __ 2-911

ISBN 978-89-7124-081-6